庞贝城的灰烬

小奴隶布里瑟丝的日记 | 79年 |

Christine Féret-Fleury

〔法〕克里斯蒂娜·费雷-弗勒里 著

郭文严 译

人民文学出版社
PEOPLE'S LITERATURE PUBLISHING HOUSE

著作权合同登记号　图字 01-2019-0623

Les cendres de Pompéi

© Gallimard Jeunesse, 2010

图书在版编目（CIP）数据

庞贝城的灰烬：小奴隶布里瑟丝的日记 /（法）克
里斯蒂娜·费雷-弗勒里著；郭文严译. -- 北京：人民
文学出版社, 2023
　　（日记背后的历史）
　　ISBN 978-7-02-018145-2

　　Ⅰ.①庞… Ⅱ.①克… ②郭… Ⅲ.①儿童小说－长
篇小说－法国－现代 Ⅳ.①I565.84

中国国家版本馆 CIP 数据核字 (2023) 第 133916 号

责任编辑　李　娜　王雪纯
装帧设计　李苗苗

出版发行　人民文学出版社
社　　址　北京市朝内大街 166 号
邮　　编　100705

印　　刷　凸版艺彩（东莞）印刷有限公司
经　　销　全国新华书店等

字　　数　72 千字
开　　本　890 毫米 ×1240 毫米　1/32
印　　张　5
版　　次　2023 年 5 月北京第 1 版
印　　次　2023 年 5 月第 1 次印刷

书　　号　978-7-02-018145-2
定　　价　39.00 元

如有印装质量问题，请与本社图书销售中心调换。电话：010-65233595

序

老少咸宜，多多益善

——读《日记背后的历史》丛书有感

钱理群

这是一套"童书"；但在我的感觉里，这又不止是童书，因为我这七十多岁的老爷爷就读得津津有味，不亦乐乎。这两天我在读"丛书"中的两本《王室的逃亡》和《法老的探险家》时，就有一种既熟悉又陌生的奇异感觉。作品所写的法国大革命，是我在中学、大学读书时就知道的，埃及的法老也是早有耳闻；但这一次阅读却由抽象空洞的"知识"变成了似乎是亲历的具体"感受"：我仿佛和法国的外省女孩露易丝一起挤在巴黎小酒店里，听那些平日谁也不注意的老爹、小伙、姑娘慷慨激昂地议论国事，"眼里闪着奇怪的光芒"，举杯高喊："现在的国王不能再随心所欲地把人关进大牢里去了，这个时代结束了！"齐声狂歌："啊，一切都会好的，会好的，会好的……"我的心都要跳出来了！我又突然置身于3500年前的神奇的"彭特之地"，和出身平民的法老的伴侣、十岁男孩米内迈斯一块儿，突然遭遇珍禽怪兽，紧张得屏住了呼吸……这样的似真似假的生命体验实在太棒了！本来，自由穿越时间隧道，和远古、异域的人神交，这是人的天然本性，是不受年龄限制的；这套童书充分满足了人性的这一精神欲求，就做到了老少咸宜。在我看来，这就是其魅力所在。

　　而且它还提供了一种阅读方式：建议家长——爷爷、奶奶、爸爸、妈妈们，自己先读书，读出意思、味道，再和孩子一起阅读，交流。这样的两代人、三代人的"共读"，不仅是引导孩子读书的最佳途径，而且还营造了全家人围绕书进行心灵对话的最好环境和氛围。这样的共读，长期坚持下来，成为习惯，变成家庭生活方式，就自然形成了"精神家园"。这对孩子的健全成长，以至家长自身的精神健康，家庭的和睦，都是至关重要的。——这或许是出版这一套及其他类似的童书的更深层次的意义所在。

我也就由此想到了与童书的写作、翻译和出版相关的一些问题。

所谓"童书"，顾名思义，就是给儿童阅读的书。这里，就有两个问题：一是如何认识"儿童"，二是我们需要怎样的"童书"。

首先要自问：我们真的懂得儿童了吗？这是近一百年前"五四"那一代人鲁迅、周作人他们就提出过的问题。他们批评成年人不是把孩子看成是"缩小的成人"（鲁迅：《我们现在怎样做父亲》），就是视之为"小猫、小狗"，不承认"儿童在生理上心理上，虽然和大人有点不同，但他仍是完全的个人，有他自己的内外两面的生活。儿童期的十几年的生活，一面固然是成人生活的预备，但一面也自有独立的意义和价值"（周作人：《儿童的文学》）。

正因为不认识、不承认儿童作为"完全的个人"的生理、心理上的"独立性"，我们在儿童教育，包括童书的编写上，就经常犯两个错误：一是把成年人的思想、阅读习惯强加于儿童，完全不顾他们的精神需求与接受能力，进行成年人的说教；二是无视儿童精神需求的丰富性与向上性，低估儿童的智力水平，一味"装小"，卖弄"幼稚"。这样的或拔高，或矮化，都会倒了孩子阅读的胃口，这就是许多孩子不爱上学，不喜欢读所谓"童书"的重要原因：在孩子们看来，这都是"大人们的童书"，与他们无关，是自己不需要、无兴趣的。

那么，我们是不是又可以"一切以儿童的兴趣"为转移呢？这里，也有两个问题。一是把儿童的兴趣看得过分狭窄，在一些老师和童书的作者、出版者眼里，儿童就是喜欢童话，魔幻小说，把童书限制在几种文类、有数题材上，结果是作茧自缚。其二，我们不能把对儿童独立性的尊重简单地变成"儿童中心主义"，而忽视了成年人的"引导"作用，放弃"教育"的责任——当然，这样的教育和引导，又必须从儿童自身的特点出发，尊重与发挥儿童的自主性。就以这一套讲述历史文化的丛书《日记背后的历史》而言，尽管如前所说，它从根本上是符合人性本身的精神需求的，但这样的需求，在儿童那里，却未必是自发的兴趣，而必须有引导。历史教育应该是孩子们的素质教育不可缺失的部分，我们需要这样的让孩子走近历史、开阔视野的人文历史知识方面的读物。而这套书编写的最大特点，是通过一个个少年的日记让小读者亲历一个历史事件发生的前后，引导小读者进入历史名人的生活——如《王室的逃亡》里的法国大革命和路易十六国王、王后；《法老的探险家》里的彭特之地的探险和国王图特摩斯，连小主人翁米内迈斯也是实有的历史人物。每本书讲述的都是"日记背后的历史"，日记和故事是虚构的，但故事发生的历史背景和史实细节却是真实的，这样的文学与历史的结合，故事真实感与历史真实性的结合，是极有创造性的。它巧妙地将引导孩子进入历史的教育目的与孩子的兴趣、可接受性结合起来，儿童读者自会通过这样的讲述世界历史的文学故事，从小就获得一种历史感和世界视野，这就为孩子一生的成长奠定了一个坚实、阔大的基础，在全球化的时代，这是一个人的不可或缺的精神素质，其意义与影响是深远的。我们如果因为这样的教育似乎与应试无关，而加以忽略，那将是短见的。

这又涉及一个问题：我们需要怎样的童书？前不久读到儿童文学评论家刘绪源先生的一篇文章，他提出要将"商业童书"与"儿童文学中的顶尖艺术品"作一个区分（《中国童书真的"大胜"了吗？》，载 2013 年 12 月 13 日《文汇读书周报》），这是有道理的。或许还有一种"应试童书"。这里不准备对这三类童书作价值评价，但可以肯定的是，在中国当下社会与教育体制下，它们都有存在的必要，也就是说，如同整个社会文化应该是多元的，童书同样应该是多元的，以满足儿童与社会的多样需求。但我想要强调的是，鉴于许多人都把应试童书和商业童书看作是童书的全部，今天提出艺术品童书的意义，为其呼吁与鼓吹，是必要与及时的。这背后是有一个理念的：一切要着眼于孩子一生的长远、全面、健康的发展。

因此，我要说，《日记背后的历史》这样的历史文化丛书，多多益善！

2013 年 2 月 15—16 日

致卡罗勒：

黎明总在诉说：

"再等一等吧，马上就光芒万丈了。"

——菲利普·雅各泰《神消形隐的风景》

布里瑟丝所处年代，使用的是罗马历法。纪年从罗马帝国建国，或君主掌权开始。日子有自己的名称，例如：望日、初盈、朔日^①……

　　然而，为了便于理解，本书中仍然采用基督历法。

---

① 　译注：在古罗马人的历法中，3月、5月、7月、10月的15日及其余各月的13日是望日，向前推的第9天，也就是3月、5月、7月、10月的7日和其他各月的5日为初盈，朔日是每月的1日。

庞贝，公元79年

7月27日

烤面包的香味刚刚弥漫开。

我真不情愿醒来。我躺在草垫上蜷缩成一团，伸出双拳重重按了按紧闭的双眼，眼前马上晕开了一抹热烈的红色，驱散了初醒的蒙眬睡意。

奶妈埃丽莎正把一些圆面包往餐布上放。这些面包烤得金黄金黄的，外皮松脆，散发出诱人的香味。过一会儿，她还要给我拿来一块新鲜面包、蜂蜜和一罐羊奶……

"我亲爱的布里瑟丝，醒醒吧，太阳已经升得老高了，该起床了！"

在我们这片谦卑的土地上，太阳把葡萄园染成了金色，它双手轻抚麦田，还在泉水的粼粼波光中翩翩起舞。我的父亲正在斥责一个牧童，因为他放牧的时候弄丢了一头牲畜。我的母亲已经坐在她那台大纺织机后面了，全家人（还有仆人）的衣服全靠她和这台机器。我的姐姐埃莱娜，正在另一间闺房里梳妆打扮着。她一定正对着镜子暗自欣喜：上回去德梅泰神庙供奉，她刚踏出庙门，英俊的迪马斯就冲她微笑了。

生活啊，我的生活。

"起来，懒虫！"

我身上被踹了一脚，还好不太疼。这一脚让我回到了现实生活。伊德亚很少在上午发火。晚上，时常有酒客刚打开一坛法兰尼酒或索伦托产葡萄酒，就丢下不喝，去别处寻欢作乐了。这酒要是落到她手里，她便会喝得酩酊大醉。这个时候最好别在她眼前晃悠。我早就学会如何躲开她的拳脚，就像我早学会了靠残羹冷炙填饱肚子，学会了堵上耳朵，把楼上的嘈杂拒之耳外，找个安静的角落睡上一觉。

一切为了生存。

"快起来！有好多活要干！泰尔鸠斯这个蠢货大清早吐了一地，快去收拾干净。然后去趟集市，我这儿要啥没啥……阿弗利卡努斯让我准备点心，要衬得上贵族人家的体面，但他就只给我这么点可怜的花销，我只好去捡滚落到排水沟里的菜了！"

我收起了草垫，并没意识到她这番言论纯属夸大其词。伊德亚俨然是这里的女主人。阿弗利卡努斯除了收入丰厚以外，还颇惧怕伊德亚的怒斥和挖苦。倘若菜肴达不到主人的要求，一定是她这个主厨样样都在克扣：面粉，鱼酱（一种用鱼肉制作的酱料，在庞贝人人为之心醉），香料，还有肉。伊德亚处处勒紧裤带，就想在城里买一幢小房子，甚至开个小酒馆。在那里，可以品尝到美酒还有热腾腾的菜肴，或许还能享受到女服务员的特殊招待呢。

我讨厌伊德亚。厨房后面有个她用来种香料的园子，昨天我在那儿挖了个洞，然后俯首贴在地上，朝里面喃喃私语。我把至今所记得的最难听的咒骂，用希腊文和拉丁文各骂了一遍。最近，我的拉丁文在这方面大有长进……

早晨

去上厕所的时候，我在自己的长袍上发现了一小块血渍。我浑身冒冷汗，身子很虚弱，不得不靠在了污秽的墙壁上。

多年来，我一直害怕的事情还是发生了。我成了女人！对于大多数自由身的年轻女孩来说，这是她们人生中伴随着礼物和庆祝的新阶段。然而对于我，一个奴隶而言，这意味着更加恶劣的奴役生涯即将开始。

我立马就着冷水洗了衣服，搞了卫生，换上干净的衣服。茅厕北墙外有块扁平的石头，不久前我藏了些衣物在这块石头下，以备不时之需。我不知道如何更换这些衣物，更不知道如何在清洗时不被阿弗利卡努斯手下的女孩子冷不丁撞见，尤其是斯邦杜莎。她监视这幢房子里的每一个人，嚼他们的舌根就是她的乐趣所在。如果被她宣扬出去，我就完了。

4时至5时①

斯邦杜莎见我挎着个篮子准备出去。

"卡迪亚，你脸色真差。"她对我说道，"是因为你被情人抛弃了，还是因为别人看见你在这幢房子前，你觉得羞耻？"

卡迪亚是我在这里的名字，人们用来称呼身为奴隶的我。卡迪亚的意思是"珍宝"，这多么讽刺啊！每一天，我都对自己重复着真名——布里瑟丝，以警醒自己不要忘了自己究竟是谁，不要屈从于命运。

而我从未如此。

斯邦杜莎有一点说对了：我为自己属于庞贝最大

---

① 译注：古罗马人从日出至日落，把白天分为12个小时；从日落至日出，把黑夜同样分为12个小时。这里的4时至5时是指白天的第四、第五个小时，相当于现在的早上八九点钟。

的妓院老板而感到羞耻。每每要去集市的时候，我总是用披肩遮住脸，加快脚步，垂下眼睛，以免看到妓院门口的普里阿普斯①神像。我总是等到转过一个路口才敢抬起头，环顾一下四周。即使我总是避免与路人目光交错，也总能感受到色欲、厌恶抑或是同情。"瞧，这就是阿弗利卡努斯的小奴隶，懂音乐的那个。她在筵席上弹竖琴或是吹奏笛子助兴，还会随着响板的节奏起舞呢。为了取悦她的主人，她今后肯定还会培养自己的其他技能呢，如果她还没尝试过的话。"这些话语刺耳钻心，就像被大力神掐死在摇篮里的毒蛇②般，长驱直入咬啮着我的耳朵。我用力反咬自己的腮帮子，只有这样才能忍住快要掉落的眼泪。拳脚、饥饿、劳累对奴隶来说都习以为常，可是侮辱呢？倘若有一天，我面对辱骂能够无动于衷，恐怕就已经失去最后一丁点自由了。

集市分散了我的注意力。嘈杂、各种色彩、气

———

① 译注：古希腊主园艺及生育的神。
② 译注：天后赫拉在大力神赫拉克勒斯摇篮里放了两条毒蛇，反被大力神掐死。

味稍稍驱走了我的痛苦和困倦。上一次地震破坏了许多房屋还有公共建筑。打那以后，市场就开在了马路和广场上。大食品商场的重建还没完成，卖蔬菜的霍利托里姆市苑总在等待封上它崭新的屋顶。许多城民都抗议施工进展缓慢，其实他们应当再有点耐心。商人们缴纳税金来保留他们的摊位，其他小贩就在有遮蔽处、拱廊下等一切可能的地方，席地做起买卖。有卖鞋的，有卖丝带和珠宝的。还有个年轻女孩在卖鲜花和水果，都装在编织得很漂亮的篮筐里。弄蛇人吹着笛子，理发师在露天迎着风为一个病人拔牙①。再往前，有卖油的卖酒的，还有卖无花果、葡萄、甜点、奶酪、油浸榛睡鼠②的，当然还有卖活绵羊的，绵羊们发出惊恐的咩咩叫声，震耳欲聋。一个奴隶往火盆上放了一锅蔬菜炖肉，往顾客碗里盛满吃的；他还卖烤肉串和冰镇西瓜。在我自己的村庄里，我从来没见过这些！

　　主妇们挑选着货物，掂掂分量，评头论足，讨价

————————————

① 译注：在古罗马，理发师也兼营拔牙等副业。
② 译注：油浸榛睡鼠为古罗马人喜爱的甜品。

还价。贵族小孩们拨开人群，不时地给乞丐丢一两个子儿。他们的穿着尽显奢华——猩红色的大长袍用昂贵的衿针扣住，腰带上绣着花，戒指闪闪发亮，看起来就像在希腊，然而这里每个人都认为必须展露他们的财富。连面包店老板娘都戴着耳环，这耳环对富人来说也是锦上添花的。在这儿，随处都能瞧见颜色鲜艳的长袍、缀有流苏的披肩、薄纱、丝织品、打满褶子的亚麻布匹、天蓝色的固着丝，还有装饰着珍珠的发网。要跟随美丽妇人并非难事，因为她们喷了浓重的香水，甚至都盖过了顽固的鱼腥味！

我买了满满一篮子食物，留意着每样食物都是最低价格。面包、油脂、洋葱、一些看似麦子的粮食、猪血香肠、蔬菜、茴香橄榄，还有客人们喜爱的海枣，总共花了 15 银币加 1 阿斯，不过是一件普通长袍的价格。伊德亚会感到满意的。在庞贝，日常开销并不大，即使是最穷的人也能填饱肚子。但很多人都是一大家子八九个人挤在狭小的房子里：通常也就两间房，冬冷夏热。所以庞贝人，不论男女老少，都爱聚到大街上，还能闲聊、做买卖、相互叫喊、对骂，甚至打架。在我的家乡，女人们是不会这样抛头露面的。她们总是在闺阁里足不出户，做着针线、纺织的活，指挥仆人们干活。我还不太习惯看到她们这样——脸上也不蒙面纱，还混在人群里，参加节庆活动，大声说话，显得和大老爷们别无二致。甚至女祭司厄马夏都拥有一幢大房子，就在羊毛拍卖市场边上，纺织工人们甚至还为她竖了一尊雕像！

我真有点嫉妒她们，因为她们尽享自由的滋味……

7月29日

阿弗利卡努斯还差遣我去酒席上服务。这一次，去的是坎迪斯·波帕厄家。他和尼禄的第二个妻子萨比娜·波帕埃有点沾亲带故，所以他总是为此而骄傲。他的住所离这里约有两个街区，离伊西斯神庙不远。

"这个疯子要庆祝家里装修工程完工，"阿弗利卡努斯说道，"他日子算得太靠前了，这年头工人们懒得很！他的浴室还没完工，厨房里堆满了塞足石膏的尖底瓮，但是他太迷信了，就是不愿意改日子！卡迪亚，去换上你那件新的长袍，去给他们笑一笑，就这一次！这些人花钱是为了欣赏美人的，可不想看到你这种死气沉沉的脸色……"

他用食指抬起我的下巴，把我的脸转到光线下。

"瞧你都有黑眼圈了。伊德亚给你吃饱了吧？"

"是的，主人，"我立马回答道，"我不缺什么。"

"我会让她给你安排的。我有其他的任务给你，可不想看见你整天倒便壶、擦地。我可不想把好好的商品给浪费了。"

商品，这个词侮辱了我。对于阿弗利卡努斯而言，我不是一个活生生的人，而是一件他拥有的物品，而且他要极尽所用来牟利。因为我懂音乐，他买我的时候花了大价钱，所以想着要捞回成本。

而我要对这个人唯命是从，在他面前卑躬屈膝，还要称呼他主人！

午睡时间到了，楼上的女人们睡了，在夜幕降临

前是不会有人来叨扰她们的。街上空荡荡的。有钱人
在他们那栽满柏树和桂树的花园里休憩，香桃木那沁
人心脾的气味包裹着他们；穷人们则倚着矮墙或是躲
在屋檐下，便已心满意足了。伊德亚在小院子的草檐
下打着呼噜。我躲在角落里的席子上，睡意全无，于
是悄悄溜到外面去了。在室外的楼梯下，有一个半深
的洞，洞口用一块破碎的砾石掩盖着。卢修斯给我的
蜡板还有我用来写字的小刀就藏在那里。卢修斯是书
法家的儿子。除了这些东西，我一无所有，连我身上
穿的长袍都不属于我。每当我在蜡板上记录所思所
想的时候，我便能摆脱日日穿梭其中的纵横交错的巷
子，这个充满铜臭、用金钱可以买到爱和虚名的地
方。儿时的景象又浮现在眼前：那座山冈上，有我的
家，屋子两侧分别是猪圈和食物储藏室。爸爸在离打
谷场不远的地方搭了个陶窑，我和姐姐就在那里制作
小盘子或是小动物像的模型玩耍，妈妈和她的仆人们
就围着锅碗瓢盆忙碌着。爸爸还亲手搭了个祭台，用
来供奉安家的宙斯赫启欧斯神。而我们女人，则更喜
欢祭拜灶神赫斯提亚。

站在山冈顶上，可以俯瞰大海。渔夫们的窝棚紧紧贴着海湾，像贝壳里的小骨般，看起来就像是玩具。

不幸和痛苦就是从海上来的。

那时我 10 岁。三年来，我一直在学习将来要做的事情：把羊毛纺成线股编织，给稻谷脱壳用来制作面饼，殷勤招待来客，管理仆人们的差事。就像我的姐姐一样，我希望自己很快就能侍奉雅典娜——编织每年用来祭祀女神的无袖长袍，或者是在仪仗队里挽着盛满祭祀品的篮子。姐姐埃莱娜也许很快就要结婚了，要把她的玩具还有长发献给月亮神阿尔忒弥斯。爸爸妈妈都很看好她与迪马斯的结合。迪马斯很小就成了孤儿，一旦他娶了姐姐，爸爸妈妈就添了个儿子，可以填补他们的那个空白。去年秋天，一场高烧夺走了我的弟弟尼科斯。临走时，弟弟还紧紧抓住我的手，用几乎听不见的声音请求我哼唱他最喜欢的歌曲。弟弟的葬礼是在海边举行的。此后妈妈、姐姐和我就经常去那儿，向洁白的浪花抛撒花环。一想起往日的幸福时光，我就泪流满面，任由咸咸的海风吹干脸上的泪水。

那天是弟弟的周年祭。一早，我就跟着她们来到海边。双手握着沉甸甸的花环，花瓣簌簌飘零，我的目光追随着它们飘忽不定的轨迹，一不小心在突出的树根那儿绊了一跤，跌倒在地上，花环也掉落一旁。埃莱娜嘀咕了几句，弯下身来扶我，我就隐没在她投下的影子里。就在这一刹那，另一条路就此展开。

妈妈发出一声尖叫，向我们跑回来。

"海盗！快跑！跑啊，女儿们！"

蓝色的面纱在她的脸庞上飘扬着，因为奔跑而带起来的风把它吹得鼓鼓的，她张大的眼睛和嘴，她伸出的双臂……这就是她留给我最后的印象。

□
MMMM

7月30日

"等会儿给我把菜单写详细点……这些贵族总是

大吃大喝。知道他们吃什么也好，以后我们有钱了就可以学他们了！不用省钱了！"

伊德亚围着我转，理了理我长袍上的皱褶，整了整我的梳子，在我脸上重重地拧了下。我没有反抗，反抗也于事无补。

"给你加点血色！作为一个希腊人，你太苍白了！你怎么不化妆呢？其他女乐师都懂得充分展示自己。"

"我不想引人注目。"

"你错了，小姑娘。"

她的脸有点变形，她这是想要微笑吗？她甜言蜜语地鼓励我：

"卡迪亚，你和我，我们可以联合起来。难道你不想穿金戴银，吃香喝辣，用金质的发卡梳头吗？你可以拥有自己的房间，有更低等的奴隶伺候你，你的命令对她来说就是上天的意旨……"

伊德亚向我凑得更近了，她粗重难闻的喘息直往我脸上扑来。

"一早就会有英俊的年轻人在你房门口摆上花

冠，写诗赞美你，把你比作维纳斯和伊丽斯，当然还有安吉塔，由巫术消除了种种苦难的那一位。爱情不就是最好的巫师吗？你难道不希望加入那些女人的行列吗？"

我连头都没抬，只是摇了摇头。伊德亚恼了，一把推开我，把我一人留在了屋里。

我很庆幸没有和她四目相对。不然，她一定会从我眼里看到无比的仇恨。

临近正午

等待筵席开始的时候，我又情不自禁地回忆起痛苦的过去……

海盗很少来侵扰我们的海滩，他们臭名昭著的手段却代代相传：他们把船隐匿在一个避风的小海湾，趁着夜色突袭村民们，掳走女人、小孩和青壮年，把这些几近崩溃的活人货物堆叠在货舱里，同时把那些受伤的扔下船，然后把船行驶到某个奴隶交易发达的港口，比如塞浦路斯、希奥，还有提洛岛。我们就是在这座岛上，和其他几百个一样不幸的人一起登岸的。一群流氓惩罚了杀死我母亲的水手。他被吊在横桁上，人们用在海水里浸泡过的绳子打了他二十来下，因为船长也不喜欢"糟蹋货物"。

然而他们懂得在货物的状态最佳时来做买卖：我们就像牲畜一样被关进了仓库，有人来给我们送吃的，照料我们。年轻男子每人发到一小瓶油，他们必须抹到身上，来突出肌肉线条，而女人们则头戴花环。他们脱去我们身上的衣服，往我们脖子上挂上牌子，上面写着我们的好处：健康、顺从、识字、会写字，还会演奏好几种乐器。所以另一个女孩对我说，我必须要等人出个高价。

我的姐姐，被第一个带上去。

"大家来看这个美人啊！"奴隶贩子吆喝道，"她会纺纱、编织，会持家！她能生很多孩子，在你休息的时候，她会轻抚你让你沉醉！每个安分守己的人不都梦想这样吗？……"

埃莱娜对一丝不挂的自己感到羞耻，哭了起来。

人们围了过来，有个人掰开她的嘴，检查她的牙齿。他满意地点了点头。

"我买了。"他说道。

奴隶贩子又指了指我。

"她妹妹也不错，而且她会弹奏……"

"我识字……"

然而他打断了我："我对她根本没兴趣。她太小了，这种年纪在农庄里根本干不了活，我也没钱来供养音乐家。"

"她会长大的！"

我上前了一步。

"我很有力气，一定会好好服侍您的。"

这句话，是我第一句服从的话语，第一句作为奴隶的话语！这句话烧灼着我的嘴唇，然而我更害怕会和姐姐分开。

农场主耸了耸肩，从他的长袍里取出钱包，在奴隶贩子的手心里，数出他所开的价。

"走吧，"他对浑身颤抖的埃莱娜说道，"穿好衣服，跟我走吧。船要是起锚可不等人，我妻子还在客栈里等着呢。"

我的姐姐认命了，准备服从他。她就要离开我
了，连看都不再看我一眼……我乞求着，双膝下跪，
但都无济于事。几双强有力的手抓住了我，把我拉向
一边。道路两旁，买卖还在继续。一个接着一个，我
们这些患难同伴相继被新主人买走。买我的男人，我
没看见他的脸，因为泪水模糊了我的双眼。他命令我
跟着他。我漠然地紧随他的脚步，甚至没有想过要逃
跑……逃到哪里去？我一无所有。要活下去的愿望促
使我接受命运的安排。

7月31日

伊德亚问了我一连串关于筵席的问题，最后只
能作罢，让我太太平平地回去。临走，还挨了几下她
的耳光，双颊到现在都还生疼。但是我打心底里嘲笑

她，这个泼妇休想从我这里得到任何东西，不论是威逼还是利诱……我自有其他要紧事。

昨天下午，在去坎迪斯·波帕厄家的路上。在一条冷僻马路的尽头，一个年轻人冷不丁迎面撞倒了我。这个笨蛋，一边走路一边回头往后看。他没看见我，而强大的撞击力把我推到了墙上，我被墙角石绊了一下，摔倒在了尘土里。这个笨手笨脚的人，变得羞愧起来，赶忙说道：

"看在雷神的分上！我只是个一无所长的人……小姑娘，你有没有受伤？"

我一言不发地打开那只装着乐器的包。还算万幸，乐器都完好无损。我站起身，用满是伤痕的双手掸去身上的尘土。长袍的膝盖处摔破了。我狠狠瞪了他一眼。

"你跑的时候就不能看一下路吗？我的长袍完了，主人会打我的……还有我这双手摔得瘀青，还怎么弹竖琴呢？"

他哑口无言，默默地站在我面前，双臂垂在身侧。我却笑了起来，因为这么个健壮的男子汉竟然被我问住了，还真是滑稽啊！他身材强壮魁梧，比我高出两个头，金色长发刚好及肩，比这里风俗所规定的长度还要长，他用浅蓝色的双眸看着我，流露出真诚的悔恨。

"我……我真的很抱歉。"他结结巴巴地说道，"我……我赔你衣服……我有钱。"

我耸了耸肩。

"没用的。"

"请收下吧！"

"我是个奴隶，"我痛苦地说道，"没一样东西是属于我的。衣服、连我自己都不属于自己。您要是乐意的话，只能赔钱给我的主人。"

他倒退了一步。

"你要是改变主意的话，到角斗士营房来找我吧。你就向人打听塔尔沃，他们都认识我……"

"塔尔沃？"

"我是高卢人。我的名字……呃……是，是'公牛'的意思。"他红着脸解释道。

我挖苦道：

"还真是人如其名啊!"

"你说得对。"他谦虚地承认道,"我总是一往直前,丝毫不担心后果!你呢?你叫什么名字呢?"

"在这里,人们叫我卡迪亚。我的真名是布里瑟丝。"

"布里瑟丝,"他重复道,"名字同人一样美。"

这回轮到我脸红了。我没抬眼看他,牢牢地把包按在胸前,继续赶路。在将要转弯的时候,他又大声喊道:

"塔尔沃!记住角斗士营房!如果要我帮忙,到那里找我!"

8月1日

我在大厅里吹奏笛子。德吕西亚一边起舞,一边微笑着频送秋波。她那个客人直勾勾地盯着她看。这似乎是个有钱的商人,从他的穿着打扮,还有伊德亚那贪婪的手接过的钱的厚度上可知一二。他点了最好的酒,还有一盘蜗牛。伊德亚先把活的蜗牛浸在牛奶罐里，然后把它们放进加了薄荷和茴香的油里炸，她声称"这样会让蜗牛肉质更鲜嫩，我也真想就这样淹死在牛奶里呢"！

但这让我觉得恶心……

来这儿的男人都想要逃避某些事情：他们丑陋的外表、不健全的身躯、暴躁的老婆、生意上的失败，或者专制严酷的父亲，等等。有时候，那些女人会在我面前流露出一些秘密。比如，某个伊西斯的客人，在大街上趾高气扬，却热衷于妓院里幼稚的玩笑；某个和蔼的老头私下有着残酷的习惯；还有人夜夜不倦地对他的意中人诉说自己的不幸遭遇，而这些话他已经重复了无数遍……每次演奏的时候，我就把脸转向墙壁，看着拉长的影子摇曳着。我对所有与音乐无关的事情都充耳不闻，任由梦想的翅膀带我去往远方。

然而今晚，笛声带我回到了初来庞贝的时候，当船正要进港停泊的时候。自那以后，橄榄熟了四回了，果树的枝头上已经绽放过四次春花，黄叶也已下落四轮滋养土壤了。但当时的情景，包括一切细枝末节都还历历在目。

太阳正要下山。夕阳的余晖下，微微的海浪拍打着船头，撞碎成一片片泡沫。我的嘴唇上，感觉到了咸咸的味道，那是海水混合着泪水。阿弗利卡努斯，我的主人——我已经开始憎恨这个词，我颤抖着，从此以后永远形单影只——他在乘客中遇见了熟人，和他们闲聊，完全无心于我。显然，他并不害怕我跳海自尽。在甲板上的时候，他一路都任由我自己走。有时，人群中迸发出阵阵大笑，但是没有人注意到我。

突然间，整座城就屹立在我面前。城墙巍然肃穆，它所环抱的城市就像一座堡垒。几百米开外，护城河蜿蜒淌过，激起了浪花，仿佛就在监督近旁水手和商人们的活动。然而城墙内侧是成荫的花园，还有高高的房子，和城墙顶端的平台连成一体。

"女战士成了妇人，一群吵吵嚷嚷的孩子围着她。"一个和我一样倚靠在船舷上的男人叹息道。

我抹了抹眼泪，好奇地朝他望去。此人看上去正直，富有活力，额头上方布满了花白的小鬈发，像是个退伍的老兵。

"萨莫奈人建造了一座坚固的城，是罗马帝国使它衰弱！"他没看我，继续念念有词，"罗马沉溺在骄奢淫逸中，无视我们祖先的传统……当然都是些严酷的风俗，然而正因为如此，我们才得以征服世界！这些暴发户，挑选翠柏环绕的房子作为他们的大别墅，蔑视粗茶淡饭以及带给我们光荣的严肃纪律。他们的肚子里塞满了猪脯肉、莺肉、火烈鸟舌，还有令人作呕的各色甜点，向来自东方的舞者折服，他们把神的怒火引向我们！"

他拳头高举，嘴唇做出鄙夷的样子，仿佛要挑战这座红白的城池。

"颤抖吧，你们如此蒙昧！报应的时刻即将到来！"

"还真是啊，老爷子。"阿弗利卡努斯开玩笑地在我身后说道，"我害怕得浑身冒汗，你也是。你讲了这么多话，嗓子一定也干了吧！到我那儿去吧，有的是让你凉快的东西，还有来自乡野的漂亮女孩子，她们会安抚你的炽热的！只要两个阿斯而已，便宜得很……来吧，卡迪亚。你配得上这名字，我的珍宝儿，因为买你可花了我一大笔钱，你可知道？你可得顺从，知道报恩……"

我一点也不明白这些话的意思，也不懂那个退伍老兵在讲什么。只是他对我新主人的咒骂听起来让阿弗利卡努斯感到难堪，我愈加害怕了。在庞贝，等待我的将是怎样的命运呢？

8月2日

我没有对伊德亚讲述筵席的情况，我懒得讲，还有我对这些感到恶心：所有的庆祝活动都雷同，而且我躲在别人看不见的地方弹奏，也没有留意其他事情。正因为如此，客人们才不用忍受我摔破的长袍，还有我伤痕累累的双手！如果他们瞧见的话，一定会胃口大减的！

坎迪斯·波帕厄的寓所美轮美奂，极尽奢侈，犹如一座宫殿。由于我的身份，我是从奴隶总管出入的门进去的，就位于宅邸的东面。一辆手推车停在那里过不去，里面满载着箩筐、酒坛还有稻草包裹起来的牡蛎。大厨发怒了，因为买来的鱼太少，而且鲲鱼还不够新鲜……一大群奴隶都在他周围晃悠，根本走不过去！我就绕着寓所走了半圈，来到了正门前，正门两边矗立着门柱，显得很壮观。院内没有人，一只白鸽栖息在天井内的大理石踢脚线上。兴许是听到了我的脚步声，它倏然飞走了。从我所处的位置，可以清楚地看到里面一连串的宽敞通风的房间，书房的门就在柱廊里。檐壁上描绘的是小人国的场景，墙壁上装饰着画得栩栩如生的鳄鱼。我正要上前去细看，一个熟悉的声音着实吓了我一跳。

"布里瑟丝？你在这里做什么呢？"

原来是我的朋友卢修斯，书法家的儿子，就住在妓院不远处，离公共浴场很近。其他男孩子总是用讥讽还有下流的笑话来纠缠我，他则不同，他并不轻视我。而且每每伊德亚粗暴地对待我的时候，他都会安慰我，把自己的饭食，或是其他一些小玩意分给我。

我用来记录想法的蜡板就是他给我的。到目前为止，他也是唯一呼唤我真名的人。

我冲着他微笑。

"和平常一样，我来给醉鬼们的耳朵助兴，而他们根本就不听我的音乐，更喜欢大吼劝酒歌！你呢，你来做什么？"

"我是和爸爸一起来的。坎迪斯·波帕厄已经在为下一次选举做准备了……他将会站在市政官阿尔比修斯·塞尔叙斯一边，并且坚持要庞贝最优秀的画家萨比努斯为他服务！"他满怀骄傲地说道。

"你呢，你的学徒期结束了吗？"

"还没，但是我会为他提灯照亮打下手。我们原来那个提灯助手赎了他的自由，还买了个女人！他现在只想着在维苏威山脚下种上几百株葡萄藤，那里的土壤可肥沃了。他再也不用大晚上提着灯笼为我爸爸照亮那些他要描绘的墙壁了。"

我很喜欢卢修斯，而且我知道他是不会故意伤害我的，可我情不自禁地要抗议：

"为什么奴隶一旦重获自由后，又会给自己买奴隶呢?"我发问道,"难道他们还没有受尽屈辱吗?"

卢修斯有点窘迫。他的爸爸也曾是奴隶,后来赎回了自由身。他一出生就是自由的:他觉得人们有权主宰他人的生死是再正常不过的事情。

"他们也许是在报仇。"我低声猜测。

"那你爸爸呢?"

"布里瑟丝……"

我为何步步紧逼呢?我自己也不知道。卢修斯是我的朋友,我唯一的朋友。但有时候,他又让我不快。幸福、安逸、不愁吃,他不会自问关于未来的问题……不论怎样我都不能因此而责备他!同样的,我的爸爸也拥有奴隶,虽然他对他们都很好,但是他们就能忘却自己为人奴役的境地吗?

当我还在自己家的时候,我就扪心自问过这些问题了吗?

"啊,你在这儿呀!你是阿弗利卡努斯派来的乐师是吗?我老早就在等你了。跟我来吧。"

我只来得及做了个告别的手势,奴隶总管就已经走远了。他领着我穿过一间间装饰豪华的房间。墙上的壁画颜色还很新鲜，攫住了我的注意力：畋猎场景、繁茂花园里的鹭鸟、在祖母绿背景前荡秋千的恋人、人马族人与拉皮特族人等等。整幅整幅的壁画描绘了特洛伊战争的故事、拉奥孔之死、著名的木马、海伦还有卡桑德拉被俘。再往前，黄色的背景上陈列着戏剧面具。总管看我津津有味地环顾四周，便指了指柱廊里的一个壁龛。

"小姑娘，要是你对艺术感兴趣，看看这个伟大的叙事诗人梅南德尔，他代表着无尽的灵感。在他对面的，是剧作家欧里庇得斯。"

我们来到了三面有躺椅餐桌的餐厅。总管指给我看我的座位，就在一座花屏后面。花屏十分考究地编织成一座花篱笆的样子。他对我的着装不加置喙，可是他蔑视的眼神还有紧闭的嘴唇流露出截然相反的意见。

我在一张矮凳上坐下，安好了我的竖琴；奴隶们拿来了床垫和靠垫，铺在房间三面围着的躺椅上，摆放好花环、客人们用来洗脚的水盆，还有每道菜吃完后用来洗手的壶，壶里盛满了清水。

夜幕降临时，客人们落座了，他们都穿戴着薄纱质地的华服，每逢有热菜以及有辛辣菜肴的筵席都需要这样的穿戴。嘈杂的闲聊开始了。一个女人对满满一桌的银制品倾心不已。宅邸主人则一边为她流露出的赞赏感到高兴，一边殷勤地向她细讲个中门道。客人们开始举杯，头道菜融合了牡蛎、孔雀蛋、鳀鱼以及配有辛辣滋味的橄榄。我轻轻地弹奏，将客人包裹在轻柔的音乐中：我知道，他们中的大多数对音乐的要求仅限于此。遮挡我的花屏一隅，站着伺候开启尖底瓮的奴隶。一个接着一个，他接连开启了软木的或是黏土的瓮塞。随后，他用庞贝的漏勺、滤器，将醇厚、几近黑色的液体过滤。过滤后，倒入双耳爵，掺入三分之一的水。只有阿弗利卡努斯的客人为了醉得更快些，才会喝不兑水的纯酒；那些真正的贵族则知道保重自己，量力而行。筵席上的高谈阔论代表着筵席的成功。然而我从未对其中任何的言论感到惊讶。坎迪斯·波帕厄的宾客也不例外：他们谈论金钱、收成，讲邻居的坏话，说一些不上台面的趣闻轶事，引来哄堂大笑。再晚些，当所有的酒坛都启开了，他们喝下了蜜酒、法兰尼酒还有其他科西嘉岛产的浓葡萄酒，他们玩闹着扯下受邀舞者的面纱，喂她们吃甜点，把她们也灌醉，看着她们在翻倒的器皿间蹒跚摇晃。

我没能看见座上宾，却能够清晰地道出他们饕餮了几道菜。宅邸主人一心要展现他的财富。人们谨慎小心地端上来七道菜，并且隆重地报上菜名。三盘头道菜：猪奶脯肉配盐卤金枪鱼，醋渍蘑菇搭配韭葱丝、薄荷叶末及芝麻，外海鲻鱼搭配大马士革李子盘饰。两道烧烤：烤山羊羔搭配蚕豆和西兰花，烤全猪塞烤猪血肠和烤红肠。最后是甜点：双粒麦蜜渍水果蛋糕，西尼亚梨，葡萄。奴隶们挎着盛有新鲜面包的篮子穿梭在宾客间，面包是用最精细的小麦粉做成的。菜肴的香味逼迫着我不停地喝水，因为我饿极了，也没人照应我。又过了会儿，宾客中最年长的开始往仆人端给他的盆里呕吐时，我很庆幸自己的胃里空空如也。

又过了一阵子……我的手开始犹豫不决，是否要记录下我所听到的东西。人们都打着嗝儿、醉笑着，纷纷离开了。只剩下可怜的候选人马库斯·弗龙托，他没有参与这场对话。坎迪斯·波帕厄把奴隶们都打发走了。他们可以休息一会儿，天一亮，就是该打扫收拾的时候了！我还是待在花屏后面，鲜花逐渐失色，散发出一阵甜甜的味道，我正收拾着乐器。坎迪斯因对待奴隶们的粗暴和严苛而出名——集市上的奴隶们都是这么传言的。他的仆人们都对他又怕又恨，这突然而至的温和反而让人吃惊。

很快，我就明白了其中的缘由。

"我们开诚布公吧，"坎迪斯·波帕厄对他的客人说道，"这也是我请你来的原因，把我的计划告诉你，或者我应该把它称为'我们的'计划？明年，我会公开支持阿尔比修斯·塞尔叙斯，你也表明你支持和效忠的立场。我已经吹风出去了，说你放弃自己上任，并且用你的财富和关系网效力一个更加有才能的人；阿尔比修斯将会赞美你的智慧和谦卑的。"

"所以我们要为他的竞选造势?"马库斯·弗龙托放声大笑,"真是天大的玩笑啊!"

"直到最后一刻,差不多是这样。然而,投票日前几天,可怜的阿尔比修斯将殒命于一场意外中。"

"真的吗?什么意外?"

"我亲爱的马库斯,人们来到这个世上只有一种方式,离开的方式却可以是多种多样的!马路上也许并不安全,马儿们很容易溜缰,屋顶上的瓦片会松动掉下来,小偷趁着夜色潜入最体面的人家……或者只要一枚变质的牡蛎,就可以将一个正当盛年的人送往地狱……作为他的生前好友,我们将开诚布公地纪念他,将他的政绩继续下去……"

"把他的选票都拉入我们名下,"马库斯总结道,"哦,是占为己有。那我可欠你太多了,坎迪斯。"

"哦,马库斯,你以后能还我的,只要把我喜欢的土地给我……庞贝是一座生机勃勃的城市。我造起来的那些房子,能够供很多家庭入住,租金就能让我过得挺滋润了。日常开销太贵了!你知道这样一顿简单的饭食要花去我多少钱吗?"

一阵讨好的笑声。一声杯盏相碰的清脆声。他们干下了最后一杯。

"来吧，马库斯，我们去花园里喝。我刚刚在那里重新种上花草树木，深处的墙壁上还画了田园风光。所以漫步其中，就感觉走在一条宽广的园林大道上……啊！我的朋友，没有什么比大自然的馈予更有价值了……"

他们走远了。我蹲在那里不敢起身，直到周围寂静一片，只剩夜莺的歌唱。我浑身颤抖。如果他们发现我的话会怎么样？一个奴隶的生命只对她的主人才有价值，虽然有时候也未必。从割断的喉管里发出的尖叫，很快就会被喷涌而出的鲜血所淹没的……

我离开的时候无比紧张，而且感觉有个黑影在暗中跟踪我。我不断回头看，绕了好多弯，才走向回去的路。我没看见任何人……

8月6日

我趁着最后一点天光来写点东西，我只剩下一块蜡板了，也不知道是否能够再弄到些。对于身处赤贫与苦难中的我来说，这简直就是奢侈……

在我周围，母鸡正在啄食，鼓起羽毛，互相打斗。夜晚来临，它们马上就要睡觉了，寂静就要把人压得透不过气来了。对院子里任何风吹草动，我都要保持警觉。

我害怕极了！

三天了，我都躲在这个鸡棚里。多亏了卢修斯，给我捎来吃的，我才不至于挨饿。但这毕竟不是长久之计，总有一天会被发现的——在庞贝，逃跑的奴隶能够期待些什么呢？阿弗利卡努斯会逮住我的，可能会杀了我，也有可能会把我关进妓院楼上的某个房间，强迫我出卖自己的身体。也正因为如此，我才逃跑的，我不想被出卖给第一个客人，以换取几个阿斯。

是伊德亚揭发我的。她看见我洗带有血渍的衣服，然后告诉了阿弗利卡努斯。显然，她希望借此来摧毁我的抵抗；一旦堕入风尘，我对她的诱惑会更敏感、更容易屈从。她一定早就让阿弗利卡努斯做好准备了，因为他把我关在了平时其他女孩子们接客的小房间里。

"斯邦杜莎或者波尔蒂亚会来教你接下来要做什么的。"临走前他抛下这句话，然后就是钥匙在锁眼里旋转的声音，"明天，你就要开始你的新工作了。别做傻事！我可希望借着你赚上一笔呢。这是你活该欠我的！"

"是的，主人。"我装作顺从的样子回答道。

我希望他觉得我是任人摆布的。反抗根本就是徒劳、愚蠢的，他们很有可能给我下药，或是其他更糟糕的手段。夜幕降临，伊德亚拿来一壶水、面包和橄榄，放在矮凳上，我就假装睡着。一直等到惯常的脚步声、尖叫、责骂、歌曲都消停下来。夜晚从来没有这样漫长过……

终于，天空泛起了鱼肚白——整幢房子都陷入沉睡中。我能听到花园里蟋蟀的鸣叫。我跑向窗户，窗户突出在院子上方，如果我生出跳下去的怪念头的话，这高度足够我摔断脖子。然而，有一段砖砌的檐槽向右边突起，能给我足够的支撑力。我把长袍绕着腰打了结，跨过了窗台。我必须伸展四肢才够得到檐槽，但是要冒着一脚踩空的危险。我手心微微出汗，有点打滑。终于，我的指尖触到了一块凸起的地方；迈出一步，又一步。我觉得自己急促大声的喘息就快要把自己出卖了，于是我屏住呼吸，直到大脚趾差不多够到了地面。我赶忙跑到藏书本还有蜡板的地方，带上它们一起往远处跑去。我已经想好，到卢修斯的鸡棚里躲起来；我知道至少短时间内在那里是安全的。他对自家的母鸡感到骄傲，它们下的蛋是街坊里最大的，所以他总是亲自照管鸡棚。

在大街上，我强迫自己不要跑起来。我没有回头看。留在妓院的，只有我痛苦的回忆以及——我的乐器，仍然躺在它们的袋子里。前一天晚上，我把它们挂在了厨房的一个钉子上。要是我能够预见今日该有多好！但是后悔也已经晚了。

自由来得太晚了吗？

　　自由来得太晚了……是什么样的冲动或是焦虑促使我说出这样的话呢？害怕再次被抓回去是我最恐惧的吗？我的童年在无忧无虑中度过；而那一天，我目睹妈妈在我面前死去，自从那灾难性的一天起，总有个人会告诉我往哪里走，做什么，给我饭吃，惩罚我，给我衣服穿。我忍辱负重，我哭过，但我从来不曾委身于人……我不知道生活意味着什么。我会演奏好几样乐器，会唱歌、跳舞。我会擦洗大理石地面、擦亮锅碗瓢盆，但是我懂得如何生存下去并且保持自由身吗？

　　卢修斯给我带来了吃的，一盆给我洗漱的水，还有一块新的蜡板。我对他报以深深的感谢，弄得他有点不知所措。

"不，不，布里瑟丝……我不值得你谢。我还想做很多很多，但是……"

"你害怕你的爸爸。"我低声接着他的话。

"不是他。他很慷慨，而且如果我提出来，他会照顾你的。但是阿弗利卡努斯是他法定的雇主，而我爸爸很清楚法律规定。他是不会做违法的事情的。"

"一部只保护强者和有钱人的法律。"我苦涩地评论道。

卢修斯蹲在我边上。

"布里瑟丝……我不知道该对你说什么。我有点笨头笨脑。长大后，我的工作就是替各种候选人在城市的墙壁上书写各种歌功颂德的东西。如果我去求证那些，或者不愿意多写一些，就没人会来找我了……布里瑟丝，所有为了生存而依附于权力的人都是奴隶。"他满怀忧伤地总结着。

"你说得容易！没有人会追捕你，也没人叫卖你的初夜……或者把你鞭打至死！"

他低下了头："我的想法太天真了，太陈腐了，也无力与这个世界抗争……"

"卢修斯，别折磨自己。"我低声劝他，"你已经为我做了很多。我会想办法的。如果可能的话，我最好尽快离开这个地方，离开庞贝。也许我可以去内亚波利斯，那是个大城市，我总能找到一份差事的。"

"这主意不行。今天早晨，我经过维苏威城门，我在那里看到了一个阿弗利卡努斯的女孩子，斯邦杜莎。她在那儿闲逛，假装对地摊上的货物很感兴趣的样子。我觉得你的主人在每个城门出入口都派人看着。如果你逃出庞贝，你跑不远的。"

他站起来，抖了抖长袍，掸掉沾在上面的稻草屑。

"今晚我会再来的。爸爸让我去买好些东西，我会找机会去……不，我现在还不能告诉你。你待在这儿别动，能相信我吗？"

"卢修斯……这和相不相信没关系，你知道的。你没能力救我的。"

"但也不是不可能。耐心点，求你了！布里瑟丝……"

他张开嘴，又合上了，仿佛他要说的话不情愿跨过他的双唇。

"今晚见。"

白天对我来说无比漫长，我每时每刻都在观察墙壁上缓慢挪动的影子，没什么比这更缓慢了！

夜晚

卢修斯没有出现。一个奴隶过来给鸡加了饲料，我躲在一堆布满灰尘和蜘蛛网的防雨布后面。他走的时候把灯盏带走了，关好鸡棚的门，迎接夜晚的到来。我听见一阵木栅栏和墙上铁制挂钩合上的摩擦声。

发生了什么？院子另一端的屋子里，一片寂静，也没有半点亮光。我想也许屋子的主人也还没回家吧……我摸黑用指尖滑过蜡板，在上面写字。那个奴隶还把百叶窗拉了下来，我使出浑身力气，还是没能打开。我感觉自己被囚禁了起来。消极的想法不断向我袭来，让我一时无法摆脱。难道卢修斯出卖我了？他的爸爸也许听到了我逃跑的风声。阿弗利卡努斯好几次瞧见我和卢修斯在一起，倘若他去质问卢修斯，威胁卢修斯的话……

我站起身，跑向大门，门扇在我不断的敲击下，几乎都在颤抖。我紧咬嘴唇，努力不让自己喊救命。没有人能够救我。没有人。

守卫年轻女孩的阿泰米斯，罗马人称她迪亚娜，你就可怜可怜我吧！

8月8日

临近中午时分

高高的墙壁外传来一阵不寻常的躁动。为什么卢修斯还不来？母鸡们被关在鸡棚里显得有些不耐烦，互相打斗起来。平时白天的时候，会有人把母鸡都赶到院子里，让它们在那儿啄食。空气里弥漫着它们排泄物的臭味，简直让人无法呼吸。我痛苦地喘息着。

这次，我确信我的朋友抛弃我了。

直到天完全黑下来时，鸡棚的门终于打开了。我藏身在一个栖架后面，握住一块木板准备防身。如果阿弗利卡努斯来找我，他会受到势均力敌的礼遇的！这一次，我不会再任人宰割了！

没想到是卢修斯，他拿着一个很大的包裹。

"布里瑟丝？"他压低声音叫道。

我并不信任他，在暗地观察他的举动、神态。他是不是别人派来的诱饵，为了请我入瓮呢？然而我立马责备起自己的愚蠢：如果卢修斯真要把我往外面引，或者把我交给害我的人，他还费劲背这么大一包东西做什么？那样的话，他一定会空手而来，神情自若的……我诅咒那让我对朋友都起疑心的命运，还有我被恐惧毒害了的内心；我丢下木板，冲上前去。

"我在这儿，卢修斯。"

为了弥补我的懊悔，我马上又说道：

"真高兴又见到你了。"

在油灯昏黄的光线下，我并没看得十分真切，但我肯定他满脸通红。

"你一定担心极了。但是昨天夜里街区很不太平。

一对夫妻吵得可凶了！我爸爸只得去调解，安抚这个，训诫那个。他让我跑来跑去，干这干那，我一刻都停不下来，自顾不暇了！但我还是认真想了下你的情况，我觉得帮你想到了一个安全的藏身之处。"

卢修斯放下了他的包裹，解开包在外面的布。

"这是件干净的长袍……当然，有点旧了。我从家里的女仆那儿借来的。一条披肩，一双鞋……还有这个！"

他又展示出一个帆布裹着的包，我一眼就认出来了。

"我的乐器……你是怎么把它们拿回来的？"

"我一直等到你们的主厨，那个吓人的老女人去集市上的时候。现在你不在了，她只能挪动自己蠢笨的身躯去干活了！其他人大概都在睡觉。我就进入厨房，从钉子上取下了这个包，悄悄地溜走了。没人看见我。"

"哦，卢修斯，我真不知道怎么感谢你！"

"我不要你谢我，我只想……"

他靠近我，笨拙地搂住我。

"卢修斯，你在做什么？"

与其说是生气，不如说是惊讶。

"停下！"

他的双唇贴在我的脖颈上。我往后一退，挣脱出一条手臂，重重地扇了他一个响亮的耳光。

"你疯了吗？"

"我……我爱你，布里瑟丝……"

也许以后我会对他的激情莞尔一笑，或是对他感到同情，因为他一侧脸颊通红通红，有着一种看门狗被责罚的神情，显得非常不幸。但是我真的没心思和他开玩笑，或是无视一次冒犯。

"你爱我？这有什么关系！我呢？你有没有问过我的感受？你爱我，说出来就够了！而我，必须感恩戴德地接受你的爱意，因为我感谢你！你现在要做什么？跑出去揭发我？"

我都认不出自己颤抖的声音了，充满了狂怒和蔑视。然而此时此刻，我是多么瞧不起他啊！我看不起自己这么轻易地就相信了他！我失望到心痛。

"布里瑟丝，不……我……不是你想的那样。我向你道歉！我……我到外面去，这样你可以换衣裳。
我给你带来了水，还有些吃的。"

"你自己留着吧，卢修斯。我不需要。"

"你不理解……我要把你带去一个可靠的人那儿。
如果你像现在这样出去，你走不远的，都转不过一个
路口的。我们必须小心谨慎。"

我突然意识到自己的样子是多么不堪！穿着破烂
的长袍（在逃跑的时候，衣服在檐槽上钩坏了），脸
庞邋遢，顶着一头散乱的头发。

"好吧。"我别过脸去低声说道，"我们别再说这
个了。"

那个"可靠的人"叫作玛夏亚，以前是卢修斯的
乳母。他还只有几周大的时候，妈妈就过世了；玛夏
亚刚生下自己的孩子，便把他也当作自己的亲生骨肉
一样，养育他。这些年，她用自己的积蓄，在靠近卡
普城门的地方，开了家洗衣铺，那一片的居民都把衣
服送来清洗。她和我们分处庞贝城的两端，所以卢修
斯认为这样一来，我应该得以安身。阿弗利卡努斯不

敢远离妓院，因为他一跑开，一切都会乱套。

"可能我还是要躲起来的……"

"可能不用。玛夏亚是个足智多谋的人。"

我一边揣摩着他那些神秘的话语，一边随他穿过迷宫般昏暗而且肮脏的街道。我把披肩裹在头上，蒙住脸，走路时低头看着地上。卢修斯七转八绕，我很快就没了方向感，也不知道走了多久。鞋子挤得我双脚生疼，我只得停下来松一下绑带。卢修斯催促我道：

"我们快到了……洗衣铺就在前面转角处了。快点吧，现在路上没人，真希望没人看见我们到玛夏亚那儿了。"

我闻到了一股刺鼻的气味。

"这些尖底瓮是用来收集路人的尿液的。"卢修斯解释说，"玛夏亚用它们来洗衣服。"

难道我就要在这个臭气熏天的地方生活了吗？看来就是如此了，我也不能抱怨什么。没有抗争，我跟着卢修斯走进了一间屋子。我们并没走安着紫色百叶窗的正门，而是从边门进去的。一个女人，提着一盏油灯来迎接我们。

"我正担心呢……还以为别人把你们认出来，拦住你们了呢。"她低声说道。

"我们在出发前，呃……争论了几句。"卢修斯嘟哝着，脸颊红得像猪肝一样。

"这是你的朋友吗？小姑娘，你叫什么名字？"

"布里瑟丝。"我轻轻回答。

"真是个好听的名字，但是在这儿，要换一换。我已经和街坊几个姑婆们吹过风，说我的侄女要从米兰来帮我，她是个孤儿。这些拉家常的话都是泼出去的水收不回的，这个消息应该已经在整个街区传开了！我告诉她们，这个可怜女孩死去的妈妈是希腊人，已经赎回了自由身。这就能够解释你的口音了。现在你在这儿要取个名字。就叫特伦西亚，你觉得怎么样？大律师西塞龙的妻子也叫这个名字……嗯，这名字挺适合你的。特伦西亚，欢迎来我这儿。卢修斯，快回到你爸爸那儿去吧。最近几天可别来了，不然会引起别人注意的！去吧，快跑吧，我的小男孩！"

就这样，我有了第三个名字，跟她走在昏暗的走廊里时我这么思忖着。布里瑟丝，卡迪亚，特伦西亚……我究竟是谁呢？自由人，奴隶，流亡者……我究竟要在什么地方才能以真面目示人呢？

夜晚

玛夏亚问我是不是饿了。我没敢说是，但是我的眼神已经替我回答了，她把我带到了厨房。厨房简简单单，门用布帘遮着。她在一口锅里搅拌了一会儿，给我吃了一碗配了香料叶的蚕豆。

"里面有奶酪，不知你喜欢不喜欢，还有无花果。特伦西亚，我并不是有钱人，但是我的饭桌总是开着的。要是你肚子饿得咕咕作响，可别客气！在这儿，你不再是奴隶，而是一个自由的年轻小女孩，用自己的劳动来挣自个儿的口粮。"

"自由的，"我低声重复这个词，"我都不清楚这个词对我而言是否还有意义。已经很久很久……"

"你觉得我们能够忘却自由的滋味吗？或者，相反，学习如何利用自由？我还没想过这些问题。不管怎样，也许你是对的。所以，我们会慢慢开导你的，你一定会乐于接受的！啊，我又对你唠叨了。"她笑着说道，"慢慢吃，然后我会带你去睡觉的地方。明天，天就亮了！"

我一边吃，一边悄悄打量她。玛夏亚是个结实的妇女，胯部宽大，胸部十分丰满，有着一头橙黄色的头发，微微夹杂着几根白发，在她脑袋上盘成一条闪亮的辫子，就像抛过光的铜一般。她声音洪亮，牙齿雪白，鼻子上翘，看起来健康、快乐，而且有安全感。在我身上，所有这些特点都被剥夺殆尽了……我只能叹口气，因为还留下了锅碗瓢盆要她来洗，她在我背上轻轻拍了拍。

"上床去吧，小女孩……你已经支撑不住了。我待会儿拿一碗汤药给你，有助你入睡。明天早上，别乱走，等我过来。在其他洗衣工见到你之前，我们要稍稍改变下你的容貌。"

她再次提起了油灯，把我带到了一间小屋子里。屋子非常干净，简单地放置着一块草垫，还有一条凳子。

改变我的容貌？她说这个是什么意思呢？

我实在累得不能思考了。

玛夏亚说得对，明天，天就亮了。

8月9日

当我出门的时候，第一批客人已经来了。玛夏亚给了我一条长长的厚披肩，我蒙着脸，几乎难以喘息，但是它恰到好处地遮掩了我的容貌和轮廓。

"我让邻居多米西亚在我走开的时候照看下店。"卢修斯以前的乳母向我解释道，"每当我有事要跑开的时候，她总是乐意帮我。此外，我每次给她几个辛苦钱，这也能够改善一下她的伙食。她丈夫死了，唯一的一个儿子正在当兵。她谁也指望不上。我们快点吧，特伦西亚。我们一早上事情可多了。"

"我们去哪里？"我紧跟着她，喘着粗气。

"到浴场去。"

浴场？作为洗衣工的她，整日工作在尿液、苏打、脏衣服散发出的臭气中，早已习以为常了。难

道我身上鸡棚的气味就如此强烈，连她也无法承受
吗？而我已经用卢修斯端来的水桶，彻彻底底洗过澡
了……玛夏亚走得实在太快了，我都没法向她解释一
下，但跟着她快步疾走令我有种满足的感觉。我蒙着
脸，走在洗衣铺周围的街道上，这一带现在已经热闹
起来了。几乎每走一步，玛夏亚都会向别人致意，但
是她并没停下脚步，只是浅笑辄止，点头示意。织布
工、梳毛工还有修鞋匠们都坐在自家门前享受上午的
凉爽，相互开着下流的玩笑。我一阵脸红，而且觉得
自己很窘迫。在妓院的时候，我还听过好些其他的！

　　玛夏亚一边加紧脚步，一边说道：

　　"你知道，现在公共浴场的女宾区还没开放。这
也好，我不希望被人撞见。我带你去的地方很朴素，
但是我们在那儿能够充分享受宁静时光。"

　　我们继续往前走，来到了诺勒城门附近。洗衣工
经常光顾的浴场看起来和其他房屋没什么区别。我们
来到了一个种着夹竹桃的花园。一只小鸟停在喷泉水
池边，我们一来它就飞走了。挂着帷幔的走廊把我们
引向更衣室。这个更衣室虽然狭小，却很干净整洁；

四周是黄色的水泥长凳。墙上的搁板看上去井井有条，正等待浴客们放上衣物。我丝毫不觉难为情，因为还在妓院的时候，我换下的衣服都只能放在一个简陋的脸盆里。我脱下长袍，挂在一个木钉子上，把玛夏亚借给我的披肩仔细地叠好。

"这里没有温水浴场。"她对我说道，"我们现在就去热气浴室。"

浴室的座位上套着洁白无瑕的椅套，我们坐在那儿，令人窒息的热气充斥着整个空间。很快，汗水就像溪水般淌满了全身。这时，玛夏亚给了我一个铜质的擦澡刮板，用来擦去身上的汗水和污垢。然后我们去了蒸汽浴间，洗热水澡的地方。最后是冷水澡间，我在那儿跳进了一个冷水浴池。

"你现在干净得就像一枚崭新的硬币！"玛夏亚显得很满意，"现在我们要把你变成另一个人，不再是那个阿弗利卡努斯搜寻的奴隶……"

"相信我们，小姑娘……"

我吓了一大跳。一个穿着轻质亮黄色长袍的女人，悄无声息地来到了更衣室。她轻柔而低缓的声音更增添了她的美丽——乌黑的发丝垂在她的脸边，长而目光深邃的眼睛延至太阳穴。

"这就是谢蒂，这个浴场的老板。她是埃及人，知道不少美容秘方……有很多人都来找她帮忙重新唤起情人或者丈夫的激情。"

埃及人俯下身。

"玛夏亚，你过奖了。这个年轻女孩可不需要任何人为的矫饰来吸引爱情。"

"谢蒂，不是为了这个。特伦西亚……正如我帮她取的这个名字，需要一个安全、隐蔽的藏身之处。这个我已经为她提供了。但是，如果她被人认出来的话，就会给我带来大麻烦，更不用说她自己的安全问题了……你能不能为她改头换面一下？"

"当然可以。"

她让我双眼半闭。

"现在我们就要为你染头发和眉毛了。稍稍化一下妆，就能掩盖你浅色的睫毛和橙黄色的斑点了……对于眼睛的颜色，我无计可施，唉！你瞳仁的蓝绿色很少见。"

"在公众场合，你得垂下双眼，就像是家教良好的贵族小女孩一样。"玛夏亚咯咯直笑，"你的出现让我的小店增色不少！谢蒂，快向我们展示你的能耐吧！"

夜幕降临时

我在楼上的一间房间里发现了一块镜子的碎片。我透过它凝视着我的新形象，看得出神。镜面有些许花了，里面有张陌生的脸盯着我。她有着小麦色皮肤，亚光的肤色，看起来年纪大了不少，就像是一个姐姐。她绿色的眼睛隐藏在深邃的睫毛底下，完全透露不出她的所思所想。

我颤抖了一下，又把碎片丢了回去。自己都认不出自己了，这是多么奇怪啊！然而，我改头换面的每一步都还历历在目。这张脸，我是看着它诞生的。

首先，谢蒂洗了我的头发，然后涂上一种气味清香但稍有灼痛感的油膏。头发经过揉搓后，我浅栗色的头发上出现了几绺闪耀着黑色光泽的发丝。万幸的是，我的发型并不会泄露我的处境，因为阿弗利卡努斯没有强迫我剪短发，而这是奴隶必须遵守的规矩。我想恐怕他是不想"浪费商品"！

然后我们来到了一个小房间，正中有一个很大的浴缸。里面放满了棕褐色的水，我很不喜欢，但谢蒂让我安下了心：

"这是一种以植物为原料的染料，对人无害。它能把你的皮肤染成小麦色；再抹些胭脂，就能营造出完美的假象了。你得定期来我这儿，因为过几天就会褪色的。记住：洗澡可别太勤！"

我耸了耸鼻子，感觉恶心，然而玛夏亚爆发出一阵爽朗的笑声。我躺在浴缸里，靠在垫子上，听了一阵两个女人的闲聊，然后，一阵倦意袭来，我的意识飘向了别处。一瀑深色的头发在我眼前舞动……是妈妈的头发……小时候，我喜欢把脸埋在它们的清香里。她总是把薄荷叶碾碎后放在水里，用来洗头发。她的头只要略微一动，就能散发出一阵清新、隐约透露出椒香的味道。

她倒下的时候，匕首刺在她的背上，她的面纱滑落了下来，头发披散在沙地上，仿佛夜幕降临。

再也迎不来晨光的夜。

一只轻柔的手搭在了我的肩膀上。

"特伦西亚……"

我已经忘记了自己的新名字。

"你哭了？"

我抹了抹脸，双颊已经浸润在了泪海里。

"你睡着了，"玛夏亚的声音说道，"做了个噩梦。第一缕阳光就会把它驱散的。"

如果她说的是真的该有多好！

一整天，洗衣铺都是人来人往，我精疲力竭了。我站在柜台后面，给玛夏亚打下手。她向每个人都

介绍说，我是她的侄女，过来帮忙，到采摘橄榄季就
回去。对于我的出现，她还找到一个天马行空的解
释：我的未婚夫在花一样的年龄英年早逝，因此必须
开导我，给我换换环境，减轻痛苦的回忆。所以她放
出话，可别对我献殷勤！让我一个人静静的，要尊敬
我，就像对待一个寡妇一样，她的命令十分明了！我
躲在斗篷后面，偷笑她看似狰狞的面色还有她的戏剧
感。一个鬈发的年轻小伙子，向我投来钦佩的目光，
惊讶地张大了嘴。

就在我的"姨母"和客人讨价还价，点钱的时
候，我把一包包难闻的脏衣服揽收起来，拿给工人。
他们中的一个，负责把衣服放入一个充满水、苏打或
是混合着尿液的水槽清洗、揉搓；另一个把衣服放入
白垩中漂白、拍打、过滤；第三个则负责将衣物拧
干，然后铺在小院子里。还有一个女工负责熨烫和一
些细致的活：比如有些衣服要放在柳条筐里，用掺有
硫黄的蒸汽熏蒸，让它显得更洁白。这个步骤会让
空气里弥漫着一股臭鸡蛋的味道，幸而不用每天这
么做。

而我，则奔跑往返于他们每个人之间，有时候会撞到搬运尿液的小男孩。沿路放着的尖底瓮是用来给路人减轻负担的。他就负责搬运到公共茅房里，还有那些尖底瓮里的尿液。这样路人们也为我们的事业"做出了贡献"，玛夏亚就是这样说的。一个臭气熏天的事业！但是我不能挑三拣四……

8月12日

今天，玛夏亚让我把洗好的衣物送货上门。街坊里大多数客人都会上门来取，但是有一些居住在豪华宅邸的人是绝不会为任何事情而自己挪动脚步的。他们大多数住在靠近赫库兰尼姆城门或是大角斗场附近。所有的事情都由奴隶为他们代劳。

"奇怪了，"一早上玛夏亚一边拍打一只鼓起来的柳条筐，一边说道，"朱莉娅·费利克斯的仆人应该两天前就来取衣服的……真希望没有白忙活啊！"

"朱莉娅·费利克斯？"我重复道，"这是谁？"

"你从没听人说起过她？她是斯皮里予斯的女

儿，是庞贝城最富有的地主。正因为这样，她从来不会先付账的。"她笑着补充道，"她可是生意老手！在庞贝，很多店铺都归她所有，她收租从不会晚一分一秒……而相反她的供应商们则已经习惯了耐心等待！"

她对我从头到脚打量了一番。她定是觉得检视结果还算满意，因为她说道：

"你应该可以去送这一筐衣服。这不太重，而且出去走走可以让你换换心情。但是别忘了问他们收回欠款！不付钱，可没的洗衣服！"

恐惧还是不断向我袭来，我内心挣扎了一会儿，最终还是摇了摇头。一想到可以暂时离开一会儿这拥挤、嘈杂的洗衣铺，可以呼吸纯净的空气，我就不禁向往起来。但是，在玛夏亚这儿，我能感受到安全。她一边招呼客人，一边眼角会瞥向我这儿，所以我知道，她在的时候，没人敢问我不着边际的问题。但只要我转过一个路口，任何人都可能靠近我，和我说话，谁知道呢？或者，认出我……

玛夏亚一定是猜到了我心里在想什么，因为她温柔地告诉我：

"特伦西亚，世界是不会围绕一个逃跑的奴隶转的。大多数曾经和你来往过的人，依稀记得的都只是一个金发、皮肤白皙的小女孩，有一点不喜与人来往，还有点腼腆……即使你遇上阿弗利卡努斯，我觉得他都未必能认出你。你可以毫无顾忌地去。"

7时①

我紧贴着城墙走，一直走到了萨尔诺城门，玛夏亚告诉我，在那儿，该往右转，然后就是朱莉娅·费利克斯的宅邸了。我一边走着，一边安下心来。因为确实没人注意我这个挎着篮筐的小女孩，筐里装着叠好的衣服。我一心只想沿着城墙的阴影走，畅快地呼吸白天的清新空气。

我放开了胆子，决定绕着附近的圆形剧场兜一圈。在这个花园众多、果园密布的街区，这是最雄伟的一座建筑了，我却从没仔细瞧过它。20年前，庞

_____

① 译注：古罗马白天的7时，相当于现在的下午1时左右。

贝人和诺卡拉人大打了一架，死了好多人，自那以后
10年尼禄都禁止角斗比赛。这个决定并不受百姓拥
戴，反而加深了两座城池间的敌意。但是，上一次地
震令这座建筑起了裂缝，修复后，将要重新开放，红
黑色公告已贴满了外墙。庞贝人热衷角斗简直到了无
以复加的地步：巡游、角斗士或猛兽的角斗都能满足
他们嗜血的热情。不论是贵族、赎回自由的人、农民
还是工人，都拥在阶梯看台上。他们的座位根据财富
和社会地位分开，有时也会因为爆发的激情而混杂在
一起。他们吃着、喝着，为角斗士们大呼大喊，要求
处死斗败的，然后拿走赌注。女人们可以到上层看台
观战，为喜爱的黑马们助威。除了她们，还有很多女
贵族从角斗士中选择她们的情人，城里的墙上写满了
他们的战功和爱情的誓言。尤以塞拉杜斯和克雷桑最
盛，他们就像神一样被奉承，克雷桑还被称为"美女
们夜晚的主人和医生"。

我沿着外部的阶梯，绕着剧场走了一圈。这地方
现在很宁静，空无一人。在酷热的季节里，人们都不
比赛，因此我也只能想象人群在入口处相互推搡，还

有流动小贩们叫卖饮料、扇子、蜜渍蛋糕，以及淌着油的烤肉串的情景。在一处有遮挡的地方，我看到了一些布告，"经过市政官批准，塞纳厄斯·阿尼钮斯拥有这个地方。"再往前，"如果有人在 11 月 25 日看见一匹母马驮着一些篮筐，请告诉坎坎迪斯的自由人，迪斯·德修斯·希拉留斯，或者告诉卢修斯·德修斯·安菲于斯，从这里一直走到萨尔诺城门桥，玛米一家。"还有一个去年春天的角斗告示，"20 对奥卢斯·苏埃丢斯·帕尔特钮斯的角斗士和自由人尼日将在皮泰奥里决斗。"边上则是爱情誓言，"塞让，最好的情人。""科尔内里亚·埃莱娜爱吕福。"我笑了，这才意识到可能某个金发高卢人料到我会来此处闲逛。难道在不知不觉中，我竟希望在这些拱廊下遇到塔尔沃吗？我尽可以嘲笑这些女人毫无羞耻地将激情写在墙上！我却不比她们更为高尚，反而更为自私……还有愚蠢。因为我根本不可能在这种地方遇到一个角斗士学徒。这个大角斗场还在施工中，没有人在这儿训练那些年轻的角斗士。上一次地震令北墙塌陷，至今还没重建起来，泳池也还空空如也。如果我想再见塔尔沃，我应该到他们角斗士的营房去，现在搬到了旧剧场的廊柱下了，距离伊西斯神庙不远。

□
〰〰〰

8月14日

晚饭后，玛夏亚的两个朋友来敲门。一个是女邻居多米西亚，另一个是鞋匠的老婆康迪达。

"我的丈夫在小酒馆里。"她开口说道，"如果他还会回来的话，一定是喝得烂醉如泥！玛夏亚，给我们倒上酒，拿骰子来！女人也可以开心开心！"

我们玩了会儿骰子，还有接子游戏，每掷一次都伴随着欢呼叫喊。掷到狗是最不幸的，维纳斯是最好的。而我运气好，三次都是维纳斯。玛夏亚做了些薄饼。两大杯葡萄酒下肚，我有点微醺。康迪达说着街坊邻居的下流轶事，我听了咯咯笑个不停。

她们回去的时候，晨曦刚刚给屋顶投上粉色的光辉。玛夏亚假装生气的样子，说她不能忍受自己的店里有一个走路摇摇晃晃、昏昏欲睡的工人，看来一定要用鞭子来抽打我了。她一边大声吓唬我，一边咯咯笑了起来。她扶着我上了楼，在我房门口向我道了晚安，吻了吻我的脸颊。

"我真想有一个你这样的女儿，特伦西亚。"她低声说道。

我也亲吻了她。

"我以前也有妈妈。但是现在如果要另外选一个，我希望她就是你这样的……"

8月16日　夜晚

我的手指直发颤——好几次了，提起小尖刀又放下了。

昨天，我又去朱莉娅·费利克斯家送了次衣服。她的管家，是个名叫费利屈拉的中年妇女，是自由人。我第一次去送衣服的时候已经见过她了。她让我在靠近私宅入口的花园里稍等片刻。这座庞大、奢华的住所，并不仅仅是供它的主人居住的，它还拥有向公众开放的浴池。一些男人三三两两在沙地上散步，他们都剃光了胡子，穿着干净的长袍。所有人都低声交谈，我没留神他们在讲些什么。他们的一阵笑声，或是一两个字眼，仿佛是被微风吹来的蝴蝶，不时传过来。费利屈拉没再出现，我开始有点不耐烦，然而此时一个词让我一怔："阿尔比修斯·塞尔叙斯"。和这个词有关的记忆再次浮现，我不禁打了个冷战。阿尔比修斯·塞尔叙斯……难道不是坎迪斯·波帕厄和他的同伙马库斯·弗龙托谋划灭口的那个人吗？两个贵族沿着柱廊朝着我的方向走来。只消一眼，我就认出了马库斯。他的同伴我并不认识。胖脸、秃顶，走起路来十分缓慢。出于本能，我下意识地躲到了一根柱子的阴影里，但是我的面纱被一块凸起的石头钩住，滑了下来。我正要去捡，那个年长者注意到了我，他朝我笑了笑。

"真是有魅力。"他轻声说道。

我低下了头，然而太晚了，马库斯·弗龙托看见了我的脸，他眉头紧皱。

“我好像认识你吧?”他突然问我,“你难道不是女仆吗? 在……”

“你弄错了,大人,”我回答道,“我是洗衣女工……”

“特伦西亚! 你在哪儿?”

是费利屈拉的声音! 我欠了欠身子,然后飞快地转身走了。马库斯还是困惑地望着我,仿佛要从记忆深处挖掘什么远去的内容似的。他的同伴放声大笑。

“马库斯! 你像是陷入了深思啊! 埃罗斯①的箭射中你了吗,我的朋友? 我阿尔比修斯还从来没看见你在一个小姑娘面前张口结舌的,她可真是貌美如花啊!”

我赶快来到了柱廊处,管家在那儿提着一包要洗的衣服等我。我隐约听见了她的叮嘱。我的心脏都快跳出来了。快逃! 躲起来! 一个微弱的声音在我耳畔响起,但特伦西亚,诚实的洗衣女工,没有理由要提防马库斯·弗龙托,更不用像个小偷般仓皇逃跑……

---

① 译注:希腊神话中的小爱神。

我把篮筐系在腰间，迈着漫不经心的步子往街上走去。我沿着花园走，没敢回头看。过了第一个路口，我就撒腿跑啊跑，仿佛地狱里的复仇女神正在追赶我。一直到了玛夏亚居住的街区，看到了第一幢熟悉的房屋，我才敢放慢脚步。

已经很晚很晚了，整座城市都笼罩在闷热中。然而，我在打冷战。我努力让自己恢复理智：在坎迪斯·波帕厄家的晚宴上，马库斯·弗龙托都没看见过我。我一直躲在花屏后面，而且，当我离开的时候，内院里没有人……是的，但我似乎还是感受到了什么人的存在……他会不会看见我了？那是什么时候呢？但我现在的容貌已经改变了……

我反复告诉自己没有任何理由害怕，反而是这个可怜的阿尔比修斯，还很安静地和杀他的凶手一起散步……他的脸总是萦绕在我的脑海里。他就要死了，而他浑然不知。

他的生命就掌握在我的手里。

一双在逃奴隶的手，她手无寸铁并且胆战心惊。

8月17日

我没敢对玛夏亚和卢修斯吐露实情，而卢修斯也还没来看我。我能预感到，他们都会劝我忘记这件事的。让这些坏人窝里斗吧！阿尔比修斯会不会抬起一根小手指，救我一命？一个奴隶的命运对他来说又有什么关系呢？有权势的人从来不会考虑平民的艰辛与苦难的。参与竞选的人们付钱给卢修斯爸爸这样的人，让他们把自己的名字铭刻到城市的墙上；他们展开竞选活动，吸引犹豫不决的人，但是从不惩罚那些痛打奴隶的人。

然而，我无法忘记这个人就要死去……

怎么让他知道呢？我可以到他家去，但他会接待我吗？或者，即使我和他说上话，他凭什么要相信我呢？比起马库斯·弗龙托，我真是人微言轻啊……

69

8月19日

天气闷热无比。今天早上，我出门打水的时候，在门外发现了一只死鸟，嘴张得大大的。

玛夏亚说："它是窒息死的。可怜的小鸟，它刚学会飞。现在是地震时期。"

泉水旁，女人们也这么说："这是地震时期！港口风平浪静。我的女主人昨天抱怨说在温泉的水池里散发出臭鸡蛋的味道……看门狗整夜狂吠不止，我都没能合眼……热死了，要是下场雷阵雨就凉爽了。我可要不穿衣服出门了！"她们一起说说笑笑。在庞贝城没人害怕地震，因为这里地震太频繁了！然而17年以来，没有一所房屋因此倒塌。

我肩上扛着水罐，拖着缓慢的步伐回去。我真想躲在一间昏暗的房间里倒头就睡，躲避这些挥之不去的想法。但是洗衣铺里同样挥之不去的气味让我一阵阵恶心，我总是抓住任何机会出门去。今天早上，玛夏亚让我去鞋匠家取她的新鞋，然后去买面包，在那儿我可得等久一点。那幢大房子的仆人，和他的主人一样傲慢，揽收各类面包订单，有蜜渍面包、茴香面包、芝士蛋糕、香料蜜糖面包，还有葡萄和坚果馅的点心。酷热并不妨碍有钱人狼吞虎咽……确实，对他们来说，满足自己并不用花很多钱。

阿尔比修斯就是那些吃过头的人：他的啤酒肚、他那下垂的脸颊还有缓慢移动的步伐都证明了这一点。

能不能因此就像摆宴席杀猪一样而杀了他呢？

对我来说，奔跑和自欺欺人都没有用，所有的事物都把我引向他：墙上刷的红色拉票标语、熙熙攘攘的小酒馆里飘出的荤杂烩浓香味、一个游手好闲的人在集市上大打手势支持他的演说，他手上戴着的戒指……

8月20日

今天早上又地震了。玛夏亚的厨房里，瓶瓶罐罐都从一块搁板上掉落下来，摔得粉碎。

我要去一次埃及人那儿，因为我的发根处，已经长出来一小截浅色的头发了，肤色也淡了。我躺在浴缸里，看着水流在我的手腕、脚踝处汩汩作响。尽管天气炎热，我却感到寒意阵阵。淹死的话会不会很痛苦？会很快死去吗？窒息的时候人是什么感觉？筵席间，把阿尔比修斯推倒在一个水盆中，并且不让他起来是易如反掌的事情，没人会怀疑的。一个醉鬼走路趔趔趄趄摔倒了，爬不起来了，这是再正常不过的事情了。"可怜的阿尔比修斯，他喝了太多的法兰尼酒……他让奴隶给他添了三回酒，我已经告诉过他，烤母猪还有里面的猪血肠、蜜渍洋葱馅会让他的胃吃不消的……对我们的城邦来说这是多大的损失啊！"伪君子们！杀人犯！

谢蒂看出了我的顾虑。

她一边为我梳头，一边问我："特伦西亚，你有什么烦恼吗？我知道玛夏亚的为人。她人很好、正直，对待工作很严厉……我相信她是绝对不会让你做你力不从心的事情的。是这样吗？"

"是……玛夏亚把我当成她亲生女儿一样照顾我。告诉我，谢蒂……"

"什么？"

"如果你知道有人要对一个你认识的人做坏事情……你会告诉他吗？"

"坏事情？是什么样的坏事？"

出于本能，我放低了声音："就是结果很严重……会要人性命的。"

谢蒂的双手在我头上停留了片刻。她绕过我的椅子，坐在我对面的凳子上。

"特伦西亚……或者，不论你真名叫什么……不，别告诉我！我不想知道……当我刚到这里的时候，和你一样，也是个奴隶。也就是说，比一条狗略微值钱一点，还比不上一匹马。很快我就发现，沉默是保护自己的最好武器。你还没有挨够打吗？玛夏亚用一些比较隐晦的话告诉了我关于你的一些事情。你应该救自己，亲爱的。"

"但是……就让他们这样为非作歹吗？"

"为非作歹？这是不是关系到你的一个朋友？"

"不是。是个贵族。我以前的主人派我出去服务，为人伴奏。筵席结束的时候，我无意中听到了一些事情。"

然后我把经过原原本本告诉了她，只是出于谨慎隐去了事件的主人公。我讲完后，她站起身，在房间里踱了几步。她拿起一个花瓶，又很快放回原处，摊开衣服，又把它们叠好。显然她也局促不安了。

最后她终于开腔了："我只能给你些建议。我知道你尴尬的境地……但是我比你年长，生活给过我太多惨痛的教训。相信我，最好让这些有权有势的人在他们腐败的温床里溃烂吧。这个人，这个市政官，他为你做过什么？他有没有关心过你的命运？"

"没有。"我叹了口气。

"那么，忘记这件事吧。过几天，就是伏尔甘节了，人们就要点燃圣柴堆，往里面投掷小鱼，献给伏尔甘神，他不要其他的，只要那些不畏惧噬人火焰的人。不管怎样，这是这个国家的传统……全城都会庆祝节日，城门一定会松懈戒备的。玛夏亚想我们可以帮你翻过城墙，没有人会发现的。然后我会带你去萨勒诺，我的一个……朋友……会在那儿等你。"

"朋友?"我问道。

"情人。他是个渔夫……他认识很多海湾那边的人。他会帮助你回家的。这是不是你所希望的呢?"

回家……我摇了摇头。再看见那些山冈、爸爸妈妈的房屋、村庄……

我轻轻地说:"我不知道，谢蒂。我家里……已经什么都没有了。"

我从船上看见火焰吞噬了自家的房屋……爸爸和家里所有的仆人一定都葬身火海了。那片我无数次遐想的海滩上还剩下什么呢?死者的灰烬缓慢地沉入大地，他们都曾经抚育过我啊。

回家……一份意外的礼物，我都不知如何是好。

夜已深了，但我还是睡不着。我闷得喘不过气来。空气凝重而且潮湿。我坐到了窗边，也没觉得好受一点。路边散发出的臭味又添了另一种味道，说不清道不明，一阵阵地向我袭来，让我感到恶心。隔壁房屋门口，有一条狗正在睡觉。从它身体的一起一伏可以看到它正在喘息。突然间，它站起来，像箭似的蹿了出去。它弓着腰，仿佛害怕什么似的。它到底怎么了？是做梦了吗？狗是不是会被自己的想法吓到呢？

之前我感谢了谢蒂，但是我的声音听起来毫不坚定，我真害怕伤害了她。她的好心理应获得更加有诚意的回报。

我即将出发，因为我应该去。我要让阿尔比修斯提防他的敌人们……或者说现在他还当作朋友们的这些人。

如果不这样做的话，今后我会终生害怕做梦的，甚至连自己镜中的人影也会害怕。

8月21日

我正准备出门，去陶器匠那儿预订玛夏亚要的器皿，这时听见了一阵隆隆声。我感到脚下的大地都在震颤。从店里传来了器皿摔碎的声音，还伴随着一声恼怒的惊叫。

庞贝城的陶器匠们这下有活干了！

我还在犹豫是否去阿尔比修斯家，因为我不知道他住在哪儿。但是想要知道也并不难。

刚过9时①

卢修斯来看我了。他缩在门口，看我忙活，看了好长一阵子。我感觉到他停留在我身上的目光，但我丝毫没有心满意足，反而有些尴尬，也不太高兴，就像他没经过我同意就来触碰我一样。篮筐里放着些叠好了的长袍和床单，我粗暴地把篮筐往柜台上一放。玛夏亚注意到了我的举动，给了我几个钱。

"快到吃饭时间了，我却什么都没准备！你和卢修斯出去找些吃的吧，到吕福那儿去。特伦西亚，你别急，我可以自己料理的。"

从她帮腔的神色来看，她一定是以为我们正在恋爱，我就更为尴尬了。但我还是一声不响地拿了钱，

---

① 译注：相当于现在的下午三四点。

往店外走去，对卢修斯做了个手势，让他跟我来。

吕福的小酒馆在一条小路上，离洗衣铺不远。每天早上，街坊里的工人都来这儿，就着奶酪或橄榄，吃上一碗燕麦粥。L形的柜台上靠着大大的木桶，里面装满了蚕豆或是豌豆。大多数食客都是站着吃的，长凳是贴着墙面摆的。甚至还有几张用来玩骰子的桌子。

"你想吃什么？"卢修斯问我。

我坐在一条长凳上，把钱给了他。

"我不太饿。你帮我选吧。"我爱理不理地回答他。

他往柜台走去。吕福从他的大木桶里大勺大勺地往碗里舀，然后他伸直手臂使劲转碗。等的时候，我坐在那儿自我消遣，读一些墙上的铭文。一个赌徒吹嘘他的收获——"我没有作弊就赢了尼塞里亚 855 个半银币"；一个酒鬼展现他的醉态——"大家好，我们喝得烂醉"；一句"尼禄万岁！"覆盖了另一个轻浮的秘密："我和老板娘睡了一觉！"食客们进进出出，人越来越多。很多庞贝人家里地方不够，没有炉灶，所以经常光顾小酒馆。他们在那儿花不了多少钱就可以吃到一餐热饭。

卢修斯拿回来两个烫乎乎的烤饼，还有两杯蜜糖葡萄酒。

他坐到我边上，低声说："布里……特伦西亚，我要开始习惯这个名字，还有你的新样子。你变了很多！我差点没认出你来。你看起来……年纪大了不少。"

他脸红得像樱桃，低下头瞅着他的那个烤饼。

我没想要讨论我的容貌。

"卢修斯，我还想请你帮我个忙。"我毫无预兆地说道。

"十……十分乐意效劳。"他结结巴巴地说。

"我马上要离开庞贝了。我想……"

"马上？什么时候？"他问道。

"在伏尔甘节的时候。玛夏亚的一个朋友会帮我出城门的。"

卢修斯看起来有点心慌意乱。他掰了一小块烤饼，却很快被一只鸽子啄走了。

"那然后你怎么办?"

我多希望能够回答这个问题啊!

"我不知道。也许我会回希腊……回家。"

"特伦西亚……"

他抓住了我的手,紧紧握住。

"我知道你不爱我……"

"不,卢修斯,我很喜欢你的。"我温柔地向他确认。

"我也想说这个:你很喜欢我,而我,我爱你,就这么简单。但是我可以等……等到你爱我。嫁给我吧!"

我差点没笑出来。

"你疯了!你的邻居,阿弗利卡努斯会好心好意接受我出现在你家吗?我是个奴隶,你似乎已经忘了这点!我从那儿逃了出来,冒着生命危险!"

"我爸爸会从阿弗利卡努斯那儿把你赎回来的,然后还你自由。"

我打量着他还带有婴儿肥的脸。他是认真的。只要我遵从他的意愿,他就准备好了全力应对各种困难,并且不顾我的感受。难道他真的认为我会假装爱他来换取宁静和安全吗？如果是这样的话，我与妓院里那些天真无知的女孩有何不同呢？只要男人们付钱，就讨好他们，任由他们玩弄。

"不，卢修斯。我不会嫁给你的。"

他张大了嘴，也许为了申辩，或是想要追问理由——但是我做了个手势让他别这样。

"你是我的朋友，唯一一个能够帮助我的朋友。你愿意听我说吗？"

"为了你，我什么都愿意做，你是知道的。"他轻声说道。

我便开始低声告诉他："我最后一次在筵席上演奏的时候，我无意中听到了一些话……"

8月22日

卢修斯想不顾一切地跑去阿尔比修斯·塞尔叙斯

家，我把他劝住了。他家在庞贝是人人皆知的，不应该把他爸爸的名字和揭发一桩阴谋搅和在一块儿。我答应他我不会自己去揭发，会找一个吕福饭店的中间人去。因为他十分担心我的安危，而且吕福饭店常有这样一个人为食客提供这种便利。

但是我还是食言了。

我去了阿尔比修斯·塞尔叙斯家。一个干瘦、穿着体面自称是他秘书的人把我拒之门外。

"市政官很忙的，小姑娘。告诉我你有什么话，或者请愿，由我来传达。"

我摇了摇头。

"我不能。这……很重要。"

他笑了，漫不经心地用手指敲击着木质桌面。

"重要！"他放声大笑，"你什么都不怕，小美人！一个像你这样的女孩……能有什么重要的事要对他说？是有个商人卖给你皮质珠宝，但收了你金子的价格？你的爸爸觊觎集市里的一个摊位？或者……"

他朝我俯下身，眯起眼睛。

"还是阿尔比修斯忘了要付你一夜春宵的钱？如果这样的话，我们之间就能解决了，你和我……"

他狡诈地笑了，露出了黑黑的牙齿。

"我……我会回来的。"我结结巴巴地说道，转过身去。

"真希望如此！随你什么时候来！"他对我喊。

在我赶往门口时，听到有人在讲话，可是谈话瞬间中止了，还有拉上窗帘的声音。我感到害怕，未知的威胁正在酝酿。一旦走在大街上，我就有可能挨打：为什么要去冒这样的莫名之险？

答案只有一个：一个人的生或死……可不是区区小事。不然的话我会憎恨自己的。

那么现在呢？

8月23日

现在……

我躲在一个酒窖里，自己也不知道这是哪里。我那装乐器的帆布包、蜡板都放在边上。酒窖里有一个通气窗，上面装着坚实的栅栏。几缕日光就这样透进来。气窗太高，我够不着。狭窄的气窗外，杂草疯长。四周一片寂静：他们会不会把我带出城？

昨天，回玛夏亚那儿的时候，好几次都觉得有人跟踪我。我绕了好几个弯，觉得熙熙攘攘的人群应该能保护我。在进洗衣铺前，我打量了一下四周，没发现有什么蹊跷。然而，我一夜都没睡好。早上的时候，有个小女孩来到店里，带来一张卢修斯的信笺，我这才抓住机会跑开。

信笺很简短：卢修斯想出一个能单独见阿尔比修斯·塞尔叙斯的机会，他还不能告诉我时间和地点，但是他让我3时去维苏威城门那儿的水城堡。我告诉了玛夏亚，她宽容地笑了。我拔腿就跑，我能支配的时间不多。

我不知道为什么会带上我的包袱……是因为我已经预料到所要发生的事了吗？

在水城堡，没看见半个人影。在路上我晃悠了一小时，还要注意躲开出城的大运输车。山上传来震耳欲聋的轰隆声，脚下的大地在颤抖。震了一次……又一次……不，这次是一辆很重的小推车经过，还伴随着一阵铁器的咣当声和人们的谩骂声。在一家店铺的屋檐下，躺着个打碎的尖底面粉瓮，面粉散了一地。面包店的老板和伙计赶忙拿各种器皿来装面粉，弄得满身都是。有人说这就像死人过冥河时呼唤撑船人的沙龙。如果能看到这些死人，或是他们面部的表情……那一定是惨白的脸上张着一双暗沉的眼睛，一种莫名的恐惧攫住了我，就像是做了个噩梦。我想象着这些人都凝固在一片苍白中，伸长手臂祈求神灵，大张着嘴发出听不见的抱怨或是诅咒。我忘了自己的不快，决定不再干等下去。我想离开这个地方，不想再看到那些苍白的、布满灰尘的脸……但是我转过第一个路口的时候，突然传来一阵急促的脚步声，脚步声停在我身后。一块粗糙的布劈头盖脸地蒙住了我的头，几只手紧紧地抓住我，把我抬走。我用力挣扎、喊叫，但是都没用。太阳穴上挨了重重一拳，我昏了过去。

夜晚

一个男人进来了，举着火把。我在角落里蜷缩成一团。

"别害怕，我不会伤害你的。"他假惺惺地说道。

他靠近我的时候，我认了出来，是马库斯·弗龙托！他找到我了！

卢修斯……那个小女孩说是卢修斯让她来的。是有人花钱让她来骗我，还是我的朋友背叛了我？

那个男人仿佛看出了我在想什么，大笑起来。

"你的朋友什么都没做。我的一个仆人在吕福饭店看到你们在一起。他不小心听到了你们说的话……说的内容至关重要。"

他又向我迈了一步。

"看见了吧，小姑娘，政治、权力都是要有才能打基础的，还有就是要有过目不忘的记忆力。肤色、发色都可以改变……但是骨骼、眼睛，还有神态是无法乔装的。我在坎迪斯·波帕厄家的晚宴上见过你，你是个瘦弱的乐师，却听见了你不该听见的东西，然后悄悄地从屋子里溜了出去。我让一个名叫布吕蒂斯的看门狗来追踪你，他真是不辱使命，查清了你的底细。他比狐狸还狡猾，比夜晚的蝴蝶还隐秘。然而，你逃跑了，他也把你跟丢了。直到那晚，卢修斯把你带去洗衣铺……玛夏亚那儿，是这样吗？你看，我什么都知道。"

马库斯·弗龙托扬扬得意地笑着。

"我用棍棒打他，但我也很慷慨，赏罚分明，所以他对我忠心耿耿。然后呢？命运女神对我微笑了，因为神灵赞同我的计划……"

他长长的影子一直投到墙上，一阵阵晃动。

"在朱莉娅·费利克斯家的花园里遇到你的时候，我立马就认出了你。我承认，我犹豫了一下是否要当场了断你。布吕蒂斯恨极了你，他到现在都在为此纠结。如果我让他割断你的喉咙，他会乐意效劳的。"

他看见一堆瓦片，便掸了掸上面的灰尘，对着我坐了下来。

"也许我不该克制住最初的冲动，因为你去了阿尔比修斯家……我想你不是去给他送衣服的吧！"

"我不知道你在说些什么。"我低声说道。

"你真不会撒谎！让我来教教你吧……幸亏那只肥猪没有见你，真该感激他那好秘书啊！但是我绝不能再冒一次险，也许下次你就成功了呢。我在路上随便找了个小女孩，付了几阿斯，让她捎了个信。所以现在就这样了，你和我，在这个美妙的地方……"

他指了指斑斑驳驳的四壁，仿佛是带我参观一座宫殿。然后他假装怜悯地摇了摇头。

"我要把你怎么样呢？对我来说，你就是属于那些愚蠢的、不知道自己利益所在的人。但是你长得很美，是太美了。"

他双眼贪婪地打量着我。我感到一阵恶心。

"我可以让你见识见识……我有钱有权，很快，我会变得比现在更有钱，更有权的……庞贝，这座腐坏的美丽城就要对我俯首称臣了！小姑娘，只要你一句话，你就能离开这个臭气熏天的地方，拥有一间朝向花园的漂亮房间。我会给你一个努比亚奴隶：她会服侍你沐浴，给你按摩，为你穿上华美的衣服……你喜欢珠宝吗？看！"

他从长袍里拿出一对耳环，就着火把的亮光让我端详。金线把珍珠连缀成串，映射出玫瑰红的火光。

卡迪亚，我们可以合作，你和我。难道你不想穿金戴银，吃香喝辣，用金质的发卡梳头吗？你可以拥有自己的房间，有更低等的奴隶伺候你，你的命令对她来说就是上天的意旨……

仿佛在噩梦里，伊德亚这个老女人的声音从马库斯·弗龙托的嘴里蹦了出来；女掮客和政治家，真是一对伤风败俗的兄妹！

金子熔化后能造成最严重的灼伤。难道他觉得用金子能够买到一切吗？

我感到恶心。我想都没想，甚至也没想到为自己争取点时间——必要的救出自己的时间，就叫道：

"不！我不要！我不要……"

马库斯站了起来。他神色冷峻，目空一切。

"那么，你就等死吧。"

8月24日

我试着够到气窗，但是没成功。墙上的砖石都碎了，完全没有地方着力。我大喊大叫，但是没人理睬。天亮了。是我生命中最后一天了吗？

我面向微弱的日光，祈求儿时的神灵。他们能够在这个监牢里找到我吗？他们会向我伸出援助之手吗？

我害怕极了。

临近2时①

一个女仆来了，她拿来一壶水还有一碗冷粥。我

① 译注：相当于现在的早上五六点。

90

马上就认出了她，是费利屈拉！所以我是被关在朱莉娅·费利克斯家……

"救救我！"我低声哀求道，"求你了！这个马库斯要杀我！"

她答道："现在求救已经太晚了。你真是疯了！如果我放你走，我自己就完了。马库斯·弗龙托喜欢折磨人，我亲眼见过。他会把我扔进海鳝盆里的，或许还有更可怕的。"

虽然天气闷热极了，她却在颤抖。我跪在地上，抓住她的长袍。如果她走了，我见到的下一张脸就是杀我的刽子手了！

"别丢下我！你以前也是奴隶，和我一样！难道你就不能行行好吗？"

费利屈拉推开了我，目光坚毅。

"行行好？我已经不知道什么叫行行好了。你知道吗，15年前，我也生了个女儿，就像你一样。她的父亲是谁并不重要，因为我别无选择。我的主人看我挺着大肚子，就把我卖了，卖得很贵！因为我肚子里还有个奴隶呢！我的新主人希望这是个男孩。

然而孩子一出生，他就气急败坏地在我面前把她掐死了。"

她弯下腰，双手按住肚子，似乎是一阵疼痛。

"我的孩子……我的孩子啊……她甚至都还没来得及叫一下……"

泪水淌满了她布满皱纹的双颊。

她断断续续地重复着："15年啊，15年了……"

我轻轻说："她应该和我一样大了。如果今天我死了，就是她和我一起又死了一回，而且是你亲手杀死她的！"

"你为什么这么说？为什么？闭嘴，你这该死的！"她呻吟道。

"事实就是如此。"我感到她正焦躁不安，已经在让步的当口上了。于是乘胜追击，接着说道："救救我吧，费利屈拉，你女儿的灵魂会向你微笑的！当你乘着沙龙的船去那永恒所在的地方时，我看见她已经在河对岸向你伸出双臂了……"

我不停地说着，说着，把她的恐惧都淹没在我的话语中，淹没在她从未体验过的幸福画面中。

我还有别的选择吗？

女仆一动不动地停留了很久，久到我觉得希望都快破灭了。然后她重新站起身，向门口走去。

"有个园丁欠我一份人情：我把他从鞭子下救了出来。过会儿他会过来卸掉气窗上的栅栏，而且肯定会留下一样工具。这样，我就不会被告发了……但是如果你想在大白天逃跑，一定会被抓的。因为要想走上大路，你必须要穿过花园，这是要冒风险的。现在起，你就等着，乖乖闭嘴。然后向你的神灵们祈求，让马库斯今早忙于思考到底怎么处罚你吧……"

费利屈拉走了很久。然而，那壶水晃动不已。环形的水纹从中心向四周蔓延，整幢房子都在震动，仿佛有沉重的脚步经过。

快到正午时分

我听到了一声响雷，只有一下，却很响、很近，而且气势汹汹。太阳光透过气窗前密布的杂草透进来……远处下雷雨了吗？花园里高高的墙壁也许挡住了那隆隆声……

园丁还没来。我尝试着吃了些东西，我的肠胃已经有点紊乱。

过了会儿

一阵刮擦声响起，是从上面来的！我赶快跑到墙下，一只手拨开了泛黄的杂草。砖墙的碎片散得满地都是。

"小姑娘？"

我看见一张布满黄斑的脸。

"中间的栅栏已经松开了。现在你只要用力一拉就行。"园丁悄悄对我说，"我扔给你一条绳子，但别忘了一起带走！要等到园子里没有声音，现在整幢房子里的人都到外面去看山了。"

"山？"我重复道，"为什么？"

"它冒烟了，很大一缕烟，就像松树一样，顶上还分叉了……好了，我得走了。但愿神灵保佑你！还有别忘了绳子!"

园丁走后,不知过了多久,天很快暗了下来。也许比我想象的还要久?

我要碰碰运气。如果我死了,也许会有个诚实的人发现我的蜡板,然后去告诉阿尔比修斯·塞尔叙斯潜在的危险。

如果是马库斯·弗龙托读到这些内容,让他该死的被诅咒吧!

我不知道天是不是还亮着,还是一场永恒的黑夜笼罩了世界。我把最后一块蜡板放好,感觉已经过了几世纪那么久了……

我边上亮着一盏灯,是亮了很久了吗?

"布里瑟丝……"

有一只手碰到了我的肩膀,给了我一杯水。我渴极了,大口大口地喝。干涩的喉咙好像烧过头的陶罐,还呛了不少尘土。我的眼睛被刺激得直流眼泪。

我重新开始写我的故事,书写帮助我承受那远去的痛苦。

我小心翼翼地爬出了那囚禁我的地方。我记着园丁的嘱咐，把用来逃跑的绳子拉了上来。此时的花园已经被尘埃淹没。平时朱莉娅·费利克斯那些有钱客人浴后习惯在柱廊散步，我都差点没认出那柱廊。一大片黑色的乌云遮住了太阳。我紧贴墙壁，几乎每往前挪动一步，都需要急促地喘气，额头上满是汗。我穿过了厨房的门，没闻到一丝荤杂烩或是甜点的香味，传来一个尖细嗓子反复祷告的声音。一个小帮厨背着个重重的包袱，从里面跑了出来，他在一块石头上绊了一下，摔了个仰面朝天，包袱发出一阵金属撞击声。这个小男孩站起身，也不管膝盖擦破了皮，捡起一个摔落在石板上的银盘就走。他对我投来怀疑的目光，然而见我原地不动，也不叫喊，便继续往前跑。

我加快脚步继续赶路。在地窖里的时候，我就什么熟悉的声响都没听到。按理，一幢大房子里应该会发出各种人类活动的声音：说话声、女仆的歌声还有各种工具敲敲打打的声音，连溪水的流动似乎都减慢了。

在花园的小径上，同样是寂静一片。发生什么事了？为什么整个宅子都没人看守，以至于一个奴隶可以带着主人宝贵的器皿逃跑？是不是庞贝城民们惧怕那笼罩着整座城的黑色云朵，所以都跑去神庙向神灵祈祷了？

在第一个路口，我停下了脚步。我暂时得救了，但还不知道要去什么地方。是回玛夏亚那儿？不行，马库斯·弗龙托会在那儿找到我的，同样也不能去卢修斯家。我机械地挪动着脚步，走在通往伊西斯神庙的路上。在诺卡拉城门口，依稀传来了嘈杂声。我便朝右转去。路上只有我一人，我感到自己这样很不安全，如果我能混到人群里去就好了，当我拐往角斗场时，一堵真正的活墙挡住了我。男人、女人、小孩，他们用披肩牵连着，或是手挽手地冲向城墙。马车还有货车都想要挤出一条道路，却撞到了一块儿。我看见很多大人背着重重的包袱或是篮筐，都压弯了腰。

他们有的突然抛下负重，用手肘挤出一条路，想早点到达城门口；还有人趁东西还没被践踏，赶快捡拾起来。这个人捡了一个壶，那个人捡着一件外套。小孩们在人群里被推推搡搡，纷纷哭了起来。有些老人紧紧抓住某个仆人的手臂，有些已经上气不接下气了，就找一块千步碑坐下喘口气。天空一片墨黑，给眼前的场景投下荒凉和惊惧。

突然，有什么东西掉到了我的肩膀上，然后是头上。轻微的撞击声噼噼啪啪地袭来，就像有人在恶作剧般朝我扔坚果壳或是果皮。我低下头，惊讶地发现周围的地上多了些小小的白色石块，形状都不规则。我弯下腰捡起一块。它的重量与以前我和妈妈、姐姐一起在海边捡到的海绵差不多。

就在此时，人们开始尖叫，叫声透露出恐惧和愤怒。摔倒的人、举步维艰的人、婴儿、发疯的人还有女人们都在尖叫。

"神灵弃我们而去了！"

我折回原路。这群人让我感到害怕，而且还有密密麻麻的石头往下掉，就像一场石雨，砸得人生疼。连接集市和萨尔诺城门的道路上也到处都是人。城民们要躲开神灵的怒火，带着所有他们能带走的东西：食物、衣服、廉价的炊具还有昂贵的首饰。一个贵族怀里抱着一座大理石雕刻的女人像。他绊了一跤，雕像便掉落在地，脖颈处摔断了。那颗头滚落到路边的水沟里，用它那没有表情的双眼瞪着天空。再往前些，一顶百人队长的头盔躺在尘土中，那红色的翎毛黯淡无光。盘子、花瓶都摔得粉碎，一只鞋子、一条断线的项链……人们推推搡搡，互相谩骂，身材高大的都伸长脖子看通往城门的路是不是通畅了些。

到哪儿去呢？我望着缓慢移动的人流，一切都瘫痪了。是否随波逐流，听从命运的安排？这片笼罩城市上空的黑云是打哪儿来的呢？雷电会不会打在那些冒险跑出来的人身上？同样的，大海会不会咆哮着过来把我们像蚂蚁般卷走？

我真想和人说说话，但是和谁呢？整座城里的人都处于疯癫中，谁会听我说话呢？卢修斯？他一定也在逃跑，和他的爸爸还有仆人们一起。玛夏亚？她住的离这里太远了。这样越来越密集的人群，在庞贝城中心，仿佛是位于我前面的最坚实的屏障。

谢蒂！我去过几次的浴池离这儿不远，只隔了几条马路。我提起长袍跑了起来，包袱拍打着我的背。谢蒂一定会给我建议的，也许她能找到一个出城的办法……

当我敲她家门时，没人答应。我还是不放弃，拼命敲打坚硬的木门。我叫得嗓子都哑了，使尽浑身力气推门，它还是纹丝不动。

"她走了，"一个路人说道，他肚子那儿鼓鼓囊囊的，长袍里塞满了偷来的东西，"一个我不认识的男人跟着她。你叫破嗓子都不会有人来的。"

他贪婪地看了一眼我的包袱。

"你这包里装的是什么？"

"是蜡板，用来写字的。"我回答道。

他爆发出了一阵尖笑。

"用来写字？多奇怪的想法啊！你还是从那儿进去吧！"他指了指那扇被凿子撬开的门，"去那儿填饱肚子吧！开始下石雨的时候，陶匠就带着老婆走了。他们的饭菜都还在桌上呢！我可是出于朋友义气提醒你啊！看好你的包袱吧，很多人想凑近看看呢！"

滂沱的石雨砸向屋顶，我走向了陶匠的屋子，我不想进去，只是往里瞥了一眼。因为如果有人看见我的话，会把我当成小偷的，况且屋檐已经暂时庇护了我。

那个人说的都是真的：在工作台的一角上放着个壶，还有一些面包，边上是一碗汤，还微微冒着热气呢。从气味上闻，应该是蔬菜汤，还有两个杯子、两只碗。两只碗里分别放着圆羊奶酪和干羊奶酪，几乎都没动过。用来切食物的小刀也搁在一边。

我感到胃疼。我多久没吃东西了？城市上空的乌云是那么浓重、那么黑暗，以至于让人觉得都没时间逃跑。太阳还仍然高挂天空吗？

我从圆形大面包上撕下一大块，满足地咬了一口。我只吃了几口奶酪，然后从水壶里倒了点水喝。水有股灰尘的酸味。

　　我吃得饱饱的，坐在门槛上，看着不停掉落的石块在墙角堆了起来。如果我回到大街上，恐怕石块能埋到我的脚踝。一阵迷糊向我袭来，我挣扎了一会儿，但还是没法保持脑袋竖直。我低下头，把额头搁在了交叉的前臂上。石块掉落的噼啪声渐渐减弱了，甚至远去了，几乎没有了……

　　我应该是睡了一会儿，恐惧把我弄得精疲力竭。我醒来的时候，几乎忘记自己身处何方，像一头被围捕的猛兽般一下子站了起来。然后我想起之前几小时发生了什么。

　　那些小石块就像干涩的饼干一样。

　　白天宛如黑夜。

　　地窖。马库斯·弗龙托。

　　街上，有个人沿墙走着。他用布遮住了脸，以免吸进灰尘。

　　他要去哪儿？他是要回家吗？他也要逃跑吗？

　　玛夏亚、卢修斯……他们都逃出城了吗？还是他们已经被自家倒塌的房屋压住了呢？

到哪里去？这个问题又回来了，挥之不去，到哪里去？

突然，一个形象浮现在我脑海里：一个金发小伙子，有点呆头呆脑，用他清澈的眼睛望着我。

塔尔沃！记住角斗士营房！如果要我帮忙，到那里找我！

是空话，还是诺言？

如果要我帮忙，到那里找我！

我踏着脚下的石块，跟跟跄跄地开始赶路。

过了很久

"布里瑟丝……"

塔尔沃俯向我。他满脸疲倦和忧虑。

"我们该走了。城里不安全……据说人们为了出城，在城门那儿大打出手。很多人被踩死了。但是克里瑟斯知道一条从下水道出城的路，他会带我们走的。"

这个叫克里瑟斯的人就站在他身后，身材魁梧结实，浑身是汗。

他说道："快点。我不喜欢这里发生的事情。神灵向我们投掷石块，也许不一会儿他们玩累了，还会扔下毒蛇或是蝎子呢！"

我恳求道："再稍等一会儿……我现在走不了！我不能跟你们走……"

我们待在塔尔沃角斗士营房的房间里，那里放置着一张草垫和一只箱子。我不清楚自己是怎么到的。街道看起来都差不多，昏暗、罕有人烟，沿街的房子都拉着百叶窗，以免飘浮的灰尘进到房间里去，房门紧闭，石块不断累积、堆叠起来……而在营房里，我发现所有房门都敞开着。一个脸上有伤疤的看门人向我指了指塔尔沃的房间，轻佻地笑着说：

"我的美人，你不用独自一人迎接世界末日了！"

我很快就明白他说这话的意思。一个有钱的贵族女人穿过了院子。她用披肩蒙着头，但是没遮住她戴着的昂贵珠宝。我跟着她，见她推开了一扇原本就开着的门。一个男人一手将她抱了过去，另一只手顺势关上了房门。然后我听见一阵笑声，还伴随着绵绵情话，我加快了脚步。这个女人一定觉得上天已经决定了她的死期，便大白天过来找她的情人，不怕被别人发现！两边墙上的火炬都熄灭了，我摸黑继续走路。那个看门人说是第四扇门。突然，我停下脚步，站在原地不动，因为塔尔沃一定和看门人一样，绝不会想到我会在这种混乱的时候来找他。一想到这个，我就羞愧得满脸通红，正想转身时，一个声音在走廊里响起：

"小女孩，你在找什么呢？"

塔尔沃！我忘记他的脸了，但是他那一头金发很好辨认。他却没能一下子认出我。他坚定地向前迈了一步，对我笑着。

"也许我能帮你……"

他的微笑顿时凝固了。

"你是……那个乐师。布里瑟丝……布里瑟丝！

我想起来了，即使……你在这里找什么人吗？"

"我是来找你的。"我移开视线，低声说道。

他曾说过的话，现在对我来说已经没有任何意义了。我看见他的双唇翕动着。我机械地摇了摇头。他伸了一只手过来抚摸我的脸蛋，我才意识到自己哭了。

我把脸靠在冰凉的墙壁上，闻到一股火药的味道……一双手搭在了我的双肩上，我的双腿弯了下来，然后就不省人事了。

当我醒来的时候，我躺在一张小床上，头枕着个靠垫。

"你吓了我一跳。"塔尔沃轻轻说。

"对不起，我以为角斗士是不会害怕的。"我试着开玩笑道。

"胡说。我看见过那些拥有强健肌肉的人，在角斗前呼唤他们的妈妈，或是哭着把他们最后一餐饭都吐出来……恐惧是角斗士们上台角斗时最忠实的伙伴。不，别起来，布里瑟丝。再躺一会儿吧。"

我闭了会儿眼睛。床垫很硬，盖毯又粗糙。城里到处弥漫着尘埃，这里的空气也不例外，甚至能驱走塔尔沃和他的同伴们所搽的药膏的味道。他们把药膏涂抹在肩膀还有腿上，用来消除疲劳和酸痛。我听到走廊里的低声交谈，我觉得四肢沉沉的，陷进了草垫里，但是我挣扎着让自己别睡着。我想告诉塔尔沃收留我需要冒的风险，所以我要保持警觉，而不是在看似安全的情况下自我宽慰。

"布里瑟丝？"

他又来看我了。

"你来这儿……是不是因为上次发生的事情？你的主人有没有打你？"

我那裂开的长袍、擦破的皮、愤怒的话语……这一切恍如隔世！

"不是的。"我答道，"我多么希望是那样！如果你知道……"

他用那双大而温暖的手握住了我的一只手。

"我只是想知道。"他温柔地说道。

我把一连串的事情向塔尔沃和盘托出。在坎迪斯·波帕厄家的筵席上无意间听到的阴谋，我的逃跑，卢修斯、玛夏亚、谢蒂，我无果的尝试，还有最后我落入的圈套……他从头到尾听着，最后叹息道：

"布里瑟丝，为了救这个人，你已经尽力了。我很佩服你……如果我是你的话，我不知道自己是否能这样做。我只会角斗。你比我更勇敢……"

他弯下腰，在我的手指尖上轻柔地吻了一下，仿佛蜻蜓的翅膀轻轻掠过。

"再休息会儿吧。口渴吗？我去找点水来。"

尽管塔尔沃人高马大，但是行动起来十分矫健轻盈，简直来无影去无踪。这么多天来，我第一次有了安全感……

克里瑟斯催促我们上路。

"其他人不愿意跟我们走，他们活该！他们会像堵在洞里的老鼠一样窒息而死的。"

他咳了两声，转身向外吐出一口淡褐色的口水。他凹凸有致的脸活像演戏时戴的面具，让人看了发怵，不会有丝毫笑意。

屋顶上传来一阵不祥的爆裂声。克里瑟斯伸出手指，指了指石膏不断剥落的天花板。

"这些讨厌的石头太多了！这屋子已经很老了，看来支撑不了多久……你们快拿主意……"

"布里瑟丝，"塔尔沃低声说道，"我觉得他说得对。你现在有力气走路吗？"

走路！确实该走了……但是往哪儿走呢？

8月30日

我两眼发干，直想哭。可是泪水似乎和庞贝城的泉水一样干涸了。

蜡板上沾了好些灰，我在上面写字，才感到宽慰一点。

我要讲出来，把所见所闻都讲出来。

然而……

我宁愿忘记，忘记所有这一切。

从中解脱。

当我们走出屋子的时候，屋顶上响起了一阵更猛烈的噼啪声，预示着屋顶就要塌了。

克里瑟斯说道："快走！这些疯子们乐意，就让他们这样被活埋吧！我，我可想要活下去！"

他举着火把，散发出的烟雾熏得我眼睛生疼，我转过身去咳嗽。角斗士营房的外形已经难以辨认了，或者更确切地说，是一张灰色的大网笼罩了房屋、商店，还有神庙。石块在房门口堆砌起来，堵住了出口。有个人从窗户里爬了出来，然后再帮助他的妻子跨过窗台。她边哭边挣扎。

她抱怨道："我不想走。只要我们一走，邻居就会来偷我们家东西的。我们的家具怎么办？还有我美丽的衣服、食品柜里吃的，还有……"

"闭嘴！"她的丈夫激动地制止道，"蠢货，现在应该逃命！你死了，那些漂亮衣服给谁穿？快走吧！"

他转向我们。

"我们要去赫库兰尼姆门。这个街区的其他居民都已经走了。我们会在那儿乘一艘船穿过海湾。"

塔尔沃用询问的眼神看了看克里瑟斯。

"这也许不失为一个好主意。"他说道。

"已经晚了。"克里瑟斯回答说,"我觉得所有船都已经出海了。这些人会被困在海滩上的。我还是想走下水道,能更快出城的。"

那一男一女相互搀扶着走远了。

"喂,你们回来!"塔尔沃喊道,"我们可以帮你们!"

他们没有回来。他们听见了吗?我看着他们远去,如同幽灵般消失在飘浮着的尘埃中。

〰〰〰〰

8月31日

晚上我没睡。我想在黑暗中躺着,闭上眼睛。但是我知道那些景象仍会在闭着的眼皮下显现。

我还没写完。也许等我完成的时候,就能休息了吧?

克里瑟斯所指的下水道入口距离集市不远。看着平日里熟悉的街道，我不禁忧虑地环顾四周。在伊德亚的专横管理下，我每天都往来于这些街道上。妓院大门洞开，铰链也断了。大厅里一片混乱，当时人们一定仓皇出逃。

"瞧，"塔尔沃对我说道，"现在你再也不用害怕什么了，你以前的主人应该已经走远了。"

夜幕降临了，或者说是白昼愈发黑暗了，也不知道是几点了。几星期前，我还生活在这个地方。而自打我上一次看见太阳升起，仿佛已经过了好几年。

"走这里！"克里瑟斯叫道。

我们拐过一条街，然后又是一条，到达了朱庇特神庙附近的集市。破坏多么巨大啊！广场的三面廊柱已经消失，雄辩家的讲坛也不见了。很多看不清的人影在走廊上缓慢前行。

"快走。"克里瑟斯又催道。

灰色的不规则石块堆叠在楼梯口。我们沿着宽大的楼梯往下走，经过了公共神殿、韦斯帕希安神庙，仓库全都大门紧闭。在廊柱大厅那儿，克里瑟斯把我们带向右边，然后我们就开始跌跌跄跄地走起来。

"就是这儿了。"他说道。

在一道矮拱下，一条双排水沟通向圆拱的两个口。和其他地方一样，也蓄堆了很多石块。

克里瑟斯指着左边入口说："我在前面带路。要爬着进去。再往前，隧道会变宽敞的，就能弯着腰走路了。"

他弯下腰，钻进了矮拱。矮拱里散发出阵阵夜壶和腐烂的味道。

"等等！"塔尔沃大叫起来，"看啊！"

他双手紧握我的双肩，把我转了过去。

然后我在一片昏暗中看见整座山在燃烧，巨大的烟柱向山下滚滚而去。维苏威山顶就像火把一样。

克里瑟斯听见朋友的呼唤，半转过身子，结结巴巴地说道："神灵们看见我们了。神灵们看见我们了！那是他们燃烧的双眼，他们发怒了！快逃啊！"

我看呆了，双脚钉在地上一动不动。塔尔沃拉起我的手。

"来吧，布里瑟丝……"

但是我还是目不转睛地望着维苏威山，一圈暗红色的圆环围绕着它，一道火舌沿着山坡缓慢吞噬着一切，在斜坡上形成了一片火海。它的速度越来越快，向岸边弥漫！

"快来啊！"

塔尔沃害怕得脸都扭曲了，摇晃着我。我呆滞地看着他，无法相信眼前的一切。

这是个噩梦，我一定是在做梦。没有其他解释。

"快来啊！"他又说道。

我一步一踉跄地跟着他。但是，正当我们在矮拱下前进时，一个熟悉的声音在我们身后响起。

"啊！多么美妙的重逢啊！多亏朱庇特，我今天可走运了！"

是马库斯·弗龙托！

我转过身。不，这不是噩梦。那个企图收买我，又想把我灭口的人正朝我走来。他穿着破损的长袍，脸上手上都擦破了皮，却面带微笑，是那种狰狞的笑容，近乎疯癫。他身后跟着个猛兽般的人，有着像熊一样茂密的毛发。他脑袋低垂着，双臂下垂，紧握的双拳看起来就像链条末端吊着个铁锤。

"小姑娘，布吕蒂斯做梦都想再见到你。我许诺他的消遣突然不见了踪影，他火气可大了。幸好没有损失什么……"

他用审视的目光打量着塔尔沃和克里瑟斯。

"看来你雇了厉害的保镖啊。好极了！这游戏就更有趣了。"他尖声笑道。

"你难道不问问我从哪里进来的吗？想想看吧！你马上就能想到答案了。当然是从亲爱的阿尔比修斯·塞尔叙斯的屋子里过来的啦。这可怜人却倒霉了，他书房的屋顶被那些古怪石头压垮了。他还想带着财宝逃跑，正好被压在了藏宝箱前面！现在这时候，他的灵魂一定已经飘向冥河对岸了……而且都不用我动一根手指头，他自己就死了！朱莉娅·费利克斯也死了。她想带着珠宝逃跑，但在穿过花园的时候，心脏不跳了。现在再也没有人等着为她举办隆重的葬礼了……啊，也就是在这种情况下才能充分展现人的本性，自私、贪婪、野心！人性是多么可爱啊……"

一阵急促的咳嗽让他全身颤抖。他嘴角边浮着一层土灰色的泡沫。

"这可怕的尘土……但是幸好我的朋友卡尔皮尔纽斯在海湾另一边的别墅里给我准备好了热水澡。沐浴、香氛、美餐，还有充满魅力的年轻奴隶。我的船就停泊在赫库兰尼姆城门外，很快就能到对岸。我就在那儿等到庞贝城风平浪静了，再像救星一样回来……来收拾那些死去的人！"

他展开双臂旋转着，就仿佛他已经拥有了整座城。

"还有很多事情要做……我的小宝贝，你看见什么了？荒无人烟的街道、断壁残垣的房屋、毁坏殆尽的花园？我即将丰收，那是源源不断的黄金流，然而为此，我必须让所有可能的目击者为我让路——我想你是可以理解我的。再见了，我的小美人……我偶尔会想你的……"

他转向仆人，说道：

"他们归你啦，布吕蒂斯。杀了他们！"

塔尔沃将我一把推向克里瑟斯。

"带她走!"他叫道。

"不!"我反抗道,"他不是冲着你们来的……是我……"

"不要讲了。"年轻的角斗士打断了我。

"这多令人感动啊!"马库斯·弗龙托讽刺地说道,"年轻英勇的冠军为了誓死也要保护的美丽姑娘而献身……我英俊的朋友,你的心上人哪儿也不会去的,会和你在一起的……然而我可以许诺你们乘同一条船过冥河,这难道不是一种慰藉吗?"

他说这些话的时候,我的右边爆发出一阵喊叫,是克里瑟斯!他捡起一块石头往布吕蒂斯的头上扔去。他一定是希望利用自身的敏捷突袭对手,一下子就把对方打晕。然而布吕蒂斯移开了一步,手握刀刃,砍向克里瑟斯的脖子。随着一声沉闷而残酷的声响,克里瑟斯应声倒地,仿佛是一只破布缝成的布娃娃。

"太快了,布吕蒂斯,我的朋友。"马库斯麻木地说,"我们又不是在打晚餐要吃的兔子!"

塔尔沃半蹲着挡在我面前,准备迎接对手的袭击。然而,布吕蒂斯听从了他主人的吩咐,打算和猎物玩耍一会儿。他微笑着绕着圈子，还不时虚张声势，让年轻的角斗士做好防御的准备。

我能听到他沙哑、断断续续的喘息声。

我害怕极了。塔尔沃接受过角斗士的训练，他强壮、敏捷，像匕首一样尖锐。可他不喜欢杀人。然而他的对手，早就为我们将要承受的痛楚而高兴不已了。

这样，他就已经占据上风了。

突然，布吕蒂斯冲了过来。他展开双臂，紧紧抓住塔尔沃，把他往死里掐。他太阳穴上的青筋直暴，肌肉像粗绳般凸出。我一阵恐惧，塔尔沃却没有挣扎。他头向后仰，发出嘶哑的喘息声。

"这个小年轻已经奄奄一息了。"马库斯·弗龙托打趣地说，"他在角斗场上的表演该有多蹩脚啊！庞贝城真该再次感谢我……"

我多想闭上眼睛，什么都不看。但是不可能，我的身体仿佛僵成了石头。

塔尔沃听任自己双腿悬空，过不了多久，一切都要结束了。我也会跟着死的。我再也不需要害怕了，只觉得无比疲倦。什么也听不到，感觉不到，没有希望……也许这就是解脱。

一片黑暗。

忘却。

一阵尖叫把昏昏沉沉的我唤醒，塔尔沃用头猛力撞向布吕蒂斯的鼻子。他的鼻孔鲜血直流，松开了塔尔沃。年轻的角斗士又猛烈击打他的膝盖，推开了对手。说时迟那时快，他用大拇指插进了布吕蒂斯的眼眶。布吕蒂斯的眼前顿时一片黑暗，尖叫着倒退一步。塔尔沃伸出一条手臂圈住他的脖子。我从没见过这么力大无穷的钳制，布吕蒂斯窒息了。

转眼间战斗就结束了。

塔尔沃跨过已经没了气息的尸体，转向马库斯·弗龙托。

"我不喜欢在角斗中杀人，"他厉声说道，"但是对你这个可怜虫来说，也许是个例外……"

"别……别……"马库斯结结巴巴地说道，双手摊在身前。

他一转身，撒腿就跑。

塔尔沃正要去追，我对他说道："让他走吧！我们快离开这里……"

年轻的角斗士喘着气。

"他会来找我们的。他就像毒蛇一样，真该杀了他！"

我看着在石块堆里狼狈远去的身影。

"没用的。"我嘀咕道，"他很快就有报应了……别问我怎么知道的。我能感觉到，就这样。来吧。"

这一次，是我牵着他的手，走向光明。

9月1日

我能听见自己的心跳。

天空又恢复澄澈了。一团圆圆的白得耀眼的云朵飘浮在维苏威山上空。一会儿，一阵风就把它吹散了。

在我周围，生活又恢复了往日的节奏。窗外传来阵阵孩子们的声音。一个小学老师正在隔壁廊柱下的院子里给学生上课。学生们靠墙坐在长凳上，夜晚来临时，再把凳子搬走。他们正咿呀背着字母表，不断朗诵荷马的诗篇。老师拿着戒尺敲打那些偷懒的，还有开小差的学生。不时听到挨打的惨叫和路人的嘲笑声。

我讨厌喊叫声。

我真想把这个和我一样的希腊奴隶推倒在地，用他手里的戒尺打他。

听着孩子们痛苦的叫声，怎么能从中取乐呢？很多孩子都已经死了，有的在火山喷发的灰烬里窒息，有的被火山上弥漫下来的大火吞噬。

我能听见自己的心跳。

它执着地不断报着时间。

活着……我反复琢磨着这个词，就好像潮水抛光了一块鹅卵石一般。

活着。

9月2日

我几乎不记得我们是怎么从下水道逃出去的。火把没过多久就熄灭了。一股硫黄的味道在地下弥漫，浓重得竟然盖过了排泄物的气味。我们沿着狭窄的石头边沿前进。我紧紧握住塔尔沃的手。

他对我承认说自那时候起，就不知道该走哪条路了。克里瑟斯并没有给他太多指点。他跟着自己的本能走，我也没察觉出他有什么犹豫。我精疲力竭，焦虑不堪，只会跟随他，哪怕到世界尽头。

我们艰难地走了一阵子。黑暗中，感觉来到了一大片公墓的底下，我们终于出去了，来到一大片修剪过的原野上。我是多一步都走不动了，听任自己倒在潮湿的草地上，呼呼入睡。

醒来的时候，我发现塔尔沃紧挨着我睡，用他的全身保护着我。他一条手臂护在我的腰际，我挨着他缩成一团，希望从他那里汲取热量，以驱走那些挥之不去的残忍画面：克里瑟斯像一只断线的木偶般倒在地上，还有马库斯·弗龙托那张因为疯狂和仇恨而扭曲变形的脸……

过了一会儿，环绕着我的手微微松开了些，我便环顾四周。地上散落的工具说明石头雨来临前有工人

刚刚劳作过。他们很可能正准备到地下去修理，便掀
开了井盖。多亏了他们，我们才找到了一个出口。

　　塔尔沃还在睡，他满是油污的脸并不动人。但
此时此刻，对我而言，这是全世界最英俊的脸庞。然
后我摸到了自己粗糙、肮脏的头发。我便思忖着，这
一定是自己最令人倒胃口的时候了。我的前臂伤痕累
累，布满了血渍和泥土，衣衫褴褛。

9月3日

　　又过了一会儿，我们沿着草地往前走，一直走到
边上的斜坡。一条小径蜿蜒朝下，满是尘土的地上到
处都是散落的物件，逃命的人们丢弃了所有的负重。
我们往内亚波利斯城去。天亮着，苍白、胆怯、阴
森。我们什么人都没遇到。

　　"他们去哪儿了？"我问塔尔沃。

"谁?"

"庞贝城的居民……这一切都结束了,他们可以回来了。瞧那山……噢!"

我转向了维苏威山,它在轻雾缭绕下显露在地平线上。

"山……变了……"

山顶沉了下去,变成了一个窟窿,就好像一个饿极了的神灵把山顶啃食掉了。发黑的山坡上,大火还在熊熊燃烧,散发出一阵刺鼻的烟雾。山脚下依附着的肥沃农田、富饶农场都不见了,取而代之的只有烧焦的屋顶和断壁残垣。

"看在雷神的分上……"塔尔沃嘀咕道,"多么触目惊心的破坏啊!这火海是从哪里来的呢?"

"是人类的荒唐造成的,我的孩子。"我们身后有个声音答道。

我的同伴,多疑、谨慎,立马转过身去。但是我们眼前的老人拄着一根多节的木棍,看起来没有丝毫恶意。他高大却干瘦,指着自己以及褴褛的衣衫。和我们一样,浑身的印记都宣告着他所经历的艰难时刻。然而，他脏脏的脸让我觉得熟悉。

我在哪儿见过这个人？他留给我的印象似乎和一场口角有关，还和一种被遗弃、孤苦无望的感觉联系在一起……

是那艘船！这个人付了船钱，也乘了那艘把我带到庞贝城的船。我在甲板上遇到过他，他念念有词地指责庞贝城民的腐败和骄奢淫逸，引起了阿弗利卡努斯和他那些狐朋狗友的嘲笑。

"我认出你来了。"我说道，"你不是那个退伍老兵吗？"

他摇了摇头。

"我多年来为国效力，不求回报。如果每个人都能像我一样，上天的怒火是不会降临到我们头上的！"

我并没试图让他改变主意，他长久以来都是这么认为的。此外，事实不是刚好证明他是对的吗？然而我无法相信，神灵们代表着无上的正义，怎么会把无辜之人和有罪之人一并惩罚呢？这些往往不关女人什么事，然而我的内心觉得自己是对的。

"你们是如何得救的？"他突然问道。

“从下水道里。”塔尔沃回答道，“一直把我们引到了引水渠那儿。”

他打量了我们好一会儿。

“也许是神灵们的意愿。病树前头万木春啊。跟我来吧。”

他掉转身走去，也不来看看我们是不是真的跟着他。

“他疯了。”塔尔沃凑近我的耳朵说道。

“但我觉得没关系。”我回答道，“看啊，他在去内亚波利斯城的路上……我们和他同行不会有什么危险的。”

9月4日

我们跟着退伍老兵的步伐，一直走到了内亚波利斯城郊。有个女人从家里出来，给我们水喝。

“你们从庞贝来的，对吗？”她问我们道，“我们看到很多人逃难过来，都狼狈不堪！快说说……那里到底发生什么事了？”

老人立马打断了她的问话：

"闲言碎语真够烦的！我们早就预知已经发生的事情了。"

又往前走了几百米，他把我们带到一间干净、宽敞的屋子，向我指了指床的位置。

"小姑娘，躺着睡会儿吧。我来给你的同伴准备一张草垫。然后我去找些吃的。"

他把自己的床铺让给了我，我轻轻地道了谢。他转过身去嘟哝了一下，就像我冒犯了他似的。我无比困倦，都来不及生气，倒头就睡，甚至都没听见他出去的动静。

9月6日

皮贝利乌斯·埃克索纽斯，这个招待我们的人是个好人。他给我们干净的衣服穿，供我们吃，供我们住。有时候他脾气暴躁，甚至有点儿顽固。但是一旦习惯了他想一出是一出的劲头，我们就能猜想到他年轻时候的样子：英勇、正直、慷慨、忠诚。他的妻子很早就过世了，还有个未出生的孩子也跟着去了。他便守着那份回忆继续生活。

我们和他一起，去了内亚波利斯城。在那儿，我们瞻仰了希腊式的神庙。它们有的矗立在海边，有的紧邻花园，还有的地处繁华的街市，紧挨漂亮的别墅。很多罗马贵族都在海湾边建造了度假寓所，他们在那儿享受温润的气候，过着悠闲的生活。皮贝利乌斯对他们的评价极为严苛，但是他仍然为自己的城市感到骄傲。

这里的每个人，都在谈论那场降临在庞贝城还有其他海岸城市的灾难。我惊愕地得知我们在地底下待了整整一天！就在那时，维苏威山淹没在一片火海下，所到之处都化为灰烬。很多庞贝城民都跑到赫库兰尼姆城外的海滩上避难，希望能够等到一艘船带他们穿越海湾，然而他们都死了。赫库兰尼姆城消失了，整座城都被灰烬掩埋了。庞贝城亦是如此。人们说在下石头雨的第二天，山顶上笼罩的东西突然沉入了山体，另一股炽热的岩浆涌入城中，遇到石块和灰烬后慢慢消失。舰队司令普林尼想要拯救老百姓，他把整支舰队都派往海湾，用来撤离幸存者。可他那艘名叫密涅瓦的船也遭遇了石头雨，被迫改道，停泊在斯塔比伊城。也就是在那里，他和其他人一样死去了……

火灾大多是被大雨浇灭的。倾盆大雨汹涌而来，冲刷了满是灰烬的地面。那些和我们一样得救的人，有些折返回去，想要挖出他们的财物。然而一切都是徒劳的，因为在雨水的作用下，灰烬都石化变硬，把庞贝永远封闭在了无法穿透的石棺下。

9月8日

我坐在皮贝利乌斯·埃克索纽斯家的窗前，遥想着卢修斯、玛夏亚、谢蒂，当然还有我痛恨的阿弗利卡努斯、妓院里的姑娘们、伊德亚。塔尔沃试图从幸存者中寻找他们，可惜没有人认识他们，也没有人见过他们。

同样，没有人在赫库兰尼姆城遇见马库斯·弗龙托，也没有人看见他在内亚波利斯城下船。我的直觉是对的，这个差点杀了我的屠夫得到了他应有的报应。

坎迪斯·波帕厄、阿尔比修斯·塞尔叙斯、马库斯·弗龙托在死亡面前人人平等。他们的野心和争斗，如今看来不过是沧海一粟罢了！

我为朋友们而哭泣，为那些支持过我，倾听过我的人，为那些当我还只是一个在逃奴隶时藏匿过我的人而哭泣。我由衷地希望谢蒂能够及时出城，那个和她一起走的人是谁呢？是她的情人吗？他把她带到哪里去了？还有玛夏亚？卢修斯？他们是不是都还在那座死城里？几天前那里还是那么生机勃勃、喧闹鼎沸。我真想向他们伸出手去！

我知道那些问号不会有答案了。我也永远不会知道那些我爱的人最终命运如何；我也不知道我的姐姐埃莱娜是不是还在某个地方活着，她是不是在农田里劳碌干活，还是为某个有钱的商人生儿育女了。她会不会偶尔也想起我？她是不是还记得妈妈那蓝色的面纱，还有我们一路上用捡拾到的黏土捏成的泥娃娃？她是不是也像我一样，把童年的一小段记忆当成珍宝一样小心呵护着？

$$\overset{\frown}{\underset{|\ |\ |}{\wedge\wedge\wedge\wedge\wedge}}$$

9月10日

塔尔沃回来了。我仍旧是每天在同一个地方，哭成泪人似的。他来到我身边，跪坐下来。

"布里瑟丝……"

他轻抚着我的头发，仿佛害怕又吓到我。

"我知道你很痛苦。"

"这……太不公平了。"我抽泣着说道，"玛夏亚、谢蒂、卢修斯……他们都帮助过我，他们为了我不顾危险……但是现在……"

"是呀。"

他像哄小孩子一样哄着我。

"我就要走了。"过了一会儿他对我说道,"我要回家去,回高卢。我找到了一个船长,他正要去马赛。他答应载我,作为交换,我得为他工作。"

我简直不敢相信自己的耳朵。

"你要走了?你也要……离开我了?"

塔尔沃摇了摇头。

"当然不是。我和船长都商量好了,如果你愿意的话,你可以跟我一起去。"

"和你一起?去……去高卢?但是我在那儿什么人都不认识!"

他的脸上闪现了一丝微笑。

"你认识我呀。而且我相信,我的妈妈也会喜欢你的。她住在里昂附近的一个小山谷里,那里土地肥沃。你会喜欢我们家的,还有附近的大河。那是一片可爱的土地,布满了茂密的森林。"

他抓住了我的手,紧紧握住。

"你告诉过我你的家人都不在了。如果你回希腊去，谁来照顾你呢？而这里……又充满了太多痛苦的回忆。布里瑟丝，跟我去吧。我的家就是你的家。也许以后……"

他说得脸红了，垂下了眼睛。

"如果你和我一样，我们可以……"

我明白过来了。我用一根手指抵住了他的双唇。

"现在先别说出来。"我嘀咕道。

9月14日

现在我又一次站在了甲板上，船只将再一次把我带向未知。塔尔沃背着个几乎和他一样重的包袱，和其他搬运工一起进了货舱。水手们忙前忙后。我在两卷缆绳间找到一个狭小的位置，重新拿起蜡板。我不知道何时我才能永远和它们还有我的乐器在一起。它们静静地躺在那里，崭新的布袋裹着它们。这是我唯一的财产！

在彼岸高卢，人们会喜欢我演奏的音乐吗？

我穿着一件陈旧的长袍，围着一条织补过的披肩，都是二手衣服，是皮贝利乌斯好不容易从一个旧货商那里淘来的。他还想给我们一点儿钱，但是塔尔沃没有拿。

我们虽然贫穷，却是自由的。我开始明白这一点了。这场灾难过后，再没有人知道谁是奴隶，谁不是了……而且阿弗利卡努斯再也不会推销他的"商品"了……

我听见船帆咯咯作响，它胀得鼓鼓的，伸展开，把我们带走。渐渐地，船离开了码头。船头劈开碧绿如玉的浪花。我们离港了。浪头越来越大，一缕青烟飘向了天空。港口上，热闹的人们向我们挥动双臂。我伸出手回应他们，就好像要用手掌抓住迎面而来的风一样。

再见了，坎帕尼亚。永别了……

我摸到自己的双颊有些湿润，没有意识到自己哭了。

我坚定地转过身去，背对这座城。

面前是一望无际的大海。

　　晨曦的光芒有点炫目，我便眯起了双眼。此时觉得脸上有一下轻微的触碰，仿佛是神灵的吻。接着第二下，第三下。

　　风吹来了灰烬，它们轻盈矫健，随风飘舞。

　　庞贝城的灰烬。

维苏威火山的喷发

摘自小普林尼的两封书信，描写了维苏威火山的喷发（原文翻译：A.M. 吉耶曼）。

第一封信

您来信让我描述我叔叔是怎么死的，以便留给后代子孙最真实的记述。

他那时在米塞姆港亲自指挥舰队。离 9 月 1 日还有 9 天的时候，下午两点时分，我的妈妈指给他看一大团云，云的大小和样子都非同寻常。他穿上鞋，跑到高处，仔细观察这个奇观。一片乌云在老远的地方升腾起来（隔得太远，无从知晓是从哪座山冒出来的，后来才知道是维苏威火山），那云看起来活脱脱像一棵松树，中间仿佛是长长的树干，在顶端伸展出

136

小枝丫。我想大概是有阵气流把它抬起来的，然后等气流往回降时，云就留在了半空。它自重不小，于是就开始向外扩散，时而呈现出白色，时而是灰色，时而又是斑斑点点，取决于它是裹挟了尘土还是火山灰。

出于学者的敏锐态度，我叔叔很重视这一现象，觉得应该凑近点观察。他便下令派一艘利布尼战船整装待发，还问我是不是愿意跟着一起去。我告诉他还是想专心做学问，而且他之前还给我出了题。出门时，他收到了卡斯库斯的妻子雷克蒂娜的来信，信里说，危险就在眼前，她害怕极了：她的房子已经被埋了，只能从海上逃跑了，她向他恳求把她从死亡线上拉回来。我叔叔带着崇高的使命感去做了。他派出了四桨舰队，亲自登舰，不仅要去救雷克蒂娜，更要救其他人。船队朝着危险的地方驶去，仿佛他根本不害怕这场灾难。当他目睹后，他便口述叫人记录，或是亲自写下来。

随着船越驶越近，灰尘开始往船上落，而且越来越热，越来越密，后来就是火焰烧爆开的浮石和滚烫的黑色砾石砸下来了。接着他们到达了一片浅滩，然而崩塌的岩石堵塞了海滩。他略略犹豫了一下：还有可能后退吗？他对领航参谋说道："命运女神是眷顾有勇气的人的，驶向庞波尼阿纳斯的住所吧。"庞波尼阿纳斯住在斯塔比伊城，和他相隔半个海湾。

这时，维苏威山的好几个地方都燃起了熊熊火苗，冲天的火柱迸发出巨响和耀眼的火光，透过黑夜传过来。然而，我的叔叔为了平复恐惧，反复说这是仓皇逃走的农民造成的，或是被遗弃的空房子烧着了。于是他去休息了，沉沉睡去。然而通向他房间的院子里，已经落满了混杂着浮石的火山灰，不断堆积起来，以至于如果我叔叔在屋里待更久些，恐怕就再也出不来了。他醒了，起来后，找到庞波尼阿纳斯和其他守了一夜的人们。他们商讨是继续待在屋里，还是到外面去。实际上，经受了几次重大地震后，房子开始摇摇欲坠，东摇西晃。如果到户外去，坠落的浮石也让人害怕。但是浮石分量轻，满是孔洞，因而经过比较后，大家还是决定选择到户外去。他们把枕头顶在头上，用衣物扎好固定：这可以帮助他们抵御掉落下来的东西。

其他地方早已是白昼了，这里却仍然如黑夜笼罩般，而且比夜晚更黑暗混沌、更让人窒息。其间还有无数的红光以及其他各种光亮。他们决定赶往岸边，看看是不是能出海。在那儿，大海变得波涛汹涌，十分不利于航行。我叔叔铺开布单，躺在上面，要了好几次水喝。然而，火光还有硫黄的气味让他的同伴们四散而逃。两个年轻的奴隶搀扶着他，他刚起身，又倒了下去。我猜想，是浓重的烟尘让他呼吸梗阻，喉咙闭塞。他本来喉咙就虚弱、窄小，时不时会感到气闷。当白天再次来临的时候（距离他的最后一个白天已是第三天了），人们找到了他的尸体，完整，毫发无损，穿着他出发时的衣服。

第二封信

天亮时分，天光仍然暗淡，几近混沌。房子已经开始出现裂纹。虽然我们身处户外，但是城市的拥挤让我们感到恐惧，而且我们面临着建筑随时可能崩塌

的巨大的威胁。于是我们决定离开这里，一大群沮丧
的人跟随着我们。在恐惧中，人们似乎宁愿随波逐流，
也不坚持自己的选择。巨大的人流前进着。等过了房
屋密布的地区，我们便停了下来，眼前的一切让我们
十分惊恐。因为虽然地势平坦，还有浮石阻挡，但是
我们弄来的车辆都往反方向滑去。更有甚者，我们看
见海水回退，仿佛被地震召唤回去了一般。总之，海
岸延伸到了海里，在裸露的沙滩上，有好多海洋生物。
另一边，一团骇人的红云不时被稍纵即逝的强烈火光
撕开，形成长长的火舌，仿佛是巨大的闪光。

过了没多久，云压低下来，遮住了海面，遮蔽了
卡普里，它消失在了我们的视线之内。而且，米塞姆
港的岬角也看不见了。这时，我母亲开始恳求我，劝
告我，要我想方设法逃跑。我年轻力壮，自然能够成
功逃脱。然而她年纪大了，体态发福而步伐缓慢。为
了不成为我的绊脚石，她乐意就这样死去。然而，我
回答她，我要和她一起走。于是，我拉着她的手，让
她加快步伐。她一边违心地服从，一边声称这样会拖
累我。这时火山灰开始落下，但还比较稀疏。我转过

身，看见一大群人正黑压压地跟在我们身后，像洪水般在大地上肆虐。"趁现在还看得见转个弯，"我说，"不然天黑了会被后面跟着我们逃跑的人撞倒、踩死的。"天黑前，我们都没坐下来歇息。夜晚和平时那种不见月亮或是多云的夜晚不同，仿佛我们都在一个密闭的空间里，没有一点光亮。不时传来女人们的呻吟、婴孩的啼哭还有男人们的叫喊。有的在找父母，有的在找孩子，还有的在找妻子，他们努力从各种声音中分辨着。人们悲叹着自己或是亲人们的不幸遭遇。有些人害怕死亡却呼唤着死亡，更多人展开双臂，伸向神灵，不止一个人哀叹世上再也没有神灵了，这个永恒的夜晚是世界上最后一个夜晚了。总是不乏人因为假想的恐惧而夸大真正的危险。有人说在米塞姆港哪幢房屋倒塌了，又有哪幢着火了，这些都是假的，但是总有人会相信。一丝微弱的光线重现了，但并非是白昼到来，而是火焰，还好火焰没有逼近我们，我们又陷入了黑暗，大量厚重的火山灰又开始掉落。我们时不时站起身来掸灰，不然会被满身的灰压垮的。

最后黑云逐渐消散，变成了烟雾。很快真正的白昼重又来临，太阳再次闪耀。然而阳光依然苍白，仿佛日食时分。人们惊恐地看到，一切都呈现出新的面貌，火山灰像大雪一样覆盖了一切……

庞贝

"庞贝城沉睡了将近 17 个世纪才被挖掘出来，却依然生动鲜艳。这座寂静的墓穴深处，展现出生命的多姿多彩。墙壁仿佛是前夜新粉的，人行道上铺着富丽的马赛克，没有一处显出掉色的痕迹。集市的柱廊修建了一半，就仿佛工人们刚刚歇工。花园里还摆放着祭祀用的三角礼器，厅堂里还尘封着宝藏……"

这段描述源自爱德华·乔治·比尔韦尔的名著《庞贝城的末日》，字里行间无不显露出他对这座掩埋在维苏威火山灰下、重见天日的罗马古城强烈的情感。在火山脚下，生命骤然止于公元 79 年 8 月 24 日。

1748 年挖掘工作开始。这座遗址不需要层层清理，来呈现人类不同阶段的活动，而是要挖掘出一座凝固的城邦，和它消失的那天一模一样，仿佛是林中的睡美人。庞贝城遗迹的魅力所在，正是因为在巨大灾难降临全城时，生命依旧在勃动。考古学家发掘出了贵族住所柱廊里色彩鲜艳的壁画、沿街的店铺、墙上的雕刻、神庙、廊柱大厅、巨大的集市、温泉浴场还有剧院。他们挖掘出了数以万计的日常生活用品。通过往发现骸髅的洞穴里浇铸石膏，他们取出了人们临死一刻的模型。人们被火山灰覆盖后随即石化，甚至保留了面对突如其来的死亡时的姿势。

庞贝老城始建于公元前6世纪。公元前300年前后，萨莫奈人向罗马人拱手称臣，重新设计了庞贝城。这座那不勒斯湾沿岸的城邦，以其繁荣昌盛驰名，在公元1世纪吸引了大批的城市富人来此定居，他们住在奢华的宅邸里。

这座中等规模的城市，有着1.5万名居民，他们利用这里肥沃的土壤从事各种农耕活动，尤其是葡萄种植。这里出产的葡萄酒装在城中工匠制作的尖底瓮里远销首都，和高卢所产无异。波佐利港的地理位置比庞贝更为重要，极大地促进了贸易，生意一直延伸到埃及和北非。

庞贝城遭遇的第一场灾难是在公元62年2月5日。一场地震致使许多房屋倒塌、开裂，城市因此需要重建。尽管当时的社会精英们并不聚居于此，但还是拥入了大量的工人，包括自由身和奴隶。

庞贝还没来得及抚平伤痕，便遭遇了公元 79 年 8 月 24 日的灭顶之灾，这个灾难通过普林尼的记述而不朽于世。短短几小时，雹子般的白石还有灼热的火山灰就掩埋了整座城。

随后几天，有些幸存者返回他们过去的住所挖掘，试图找回些自己的财物。人们还有条不紊地试图保留一些城中的石块和大理石，然而很快，一切都被遗忘。

我们或许能从马夏尔的这几行诗句中读出几分墓志铭的意味来：昔日的维苏威啊，满是翠绿的葡萄藤；那些闻名遐迩的葡萄串填满了温润的佳酿桶；这就是那片葡萄山坡，比酒神巴克斯更珍贵……这片土地取名自赫拉克里，比维纳斯、拉塞德蒙更为风和日丽；所有这一切都被火焰吞没，掩埋在了灰色的火山灰之下，神灵们都不曾料想能拥有如此威力。

大事年表

公元前 6 世纪： 希腊人在古奥斯克人的遗址上，在庞贝建立了一片殖民地，随后为伊特拉斯坎人所占有。

公元前 5 世纪： 萨莫奈人占领庞贝，并在公元前 300 年重新规划。

公元前 90 年： 包括庞贝城在内的萨莫奈城邦为同盟者战争而战。以西拉团长为首的军团据义反抗，最终整个亚平宁半岛均取得了起义者所要求的罗马公民权。

公元 59 年： 庞贝人与诺卡拉人在竞技场内斗殴。塔西佗记述了当时的情景：一件鸡毛蒜皮的小事引发了庞贝人与诺卡拉人之间骇人的残杀；斗殴发生在里维涅斯·雷古拉斯组织的一场角斗上。正如人们初到某座小城市，会尽情嘲笑对方，接着投掷石块，再是诉诸武力。议会宣布自此禁止角斗运动，然而禁令于公元 62 年地震后被取消。

公元 62 年 2 月 5 日： 地震造成庞贝城大规模损

毁。城民们还不知道这就是公元79年8月的大灾难前兆：他们并不知道维苏威其实是座火山。随后的几年中，整座城市仿佛成了巨大的建筑工地。灾难降临时，重建尚未完工。

公元79年8月24日：维苏威火山喷发。火山口喷射出一团熔岩，直冲苍穹。喷发出的巨柱裹挟着火山灰、浮石还有气体，直冲向2万多米高空（将近珠穆朗玛峰高度的2.5倍）。小普林尼把它的外形比作五针松（因而迄今人们仍然称其为"普林尼式"喷发），火山砾和石块雨砸向城市，将之笼罩在黑暗中。屋顶承受不了重量而坍塌，与此同时，大火吞噬了全城。人们即使不被掩埋，也被热量和炽热的火山灰烧伤。翌晨，气流混合着熔岩流完全吞没了庞贝城。据统计，仅庞贝一座城就至少有2000人死亡，所有的遇难者也许是这个数字的10倍。

现今许多考古学家和历史学家认为喷发发生在11月，而非8月，因为人们发现了很多酒瓮，里面装满了刚刚压榨好的葡萄酒……

1738年：开始发掘庞贝邻近的赫库兰尼姆城。

1748年3月23日：正式开始发掘庞贝。

1833年：林登勋爵爱德华·乔治·比尔韦尔造访发掘现场。次年，他出版了《庞贝城的末日》。这部作品被数度搬上大银幕，其中以1926年卡米纳·伽罗内拍摄的最为著名。

词语解释

古希腊式笛子：原文用拉丁文表示，指挎在腰间演奏的古希腊式笛子。

小酒馆：原文用拉丁文写作。

沙龙：地狱里死人过冥河时候的撑船舵手。

德梅泰神：希腊神话中主生育和收获的神。

市政官：负责市政管理的行政官员。

埃罗斯：希腊神话中的小爱神。

戒尺：教师对学生施行体罚时所用的手杖。

集市：古罗马的公共区域，也是城市的经济、社交以及政治中心。

闺阁：女眷内室。

伊西斯：埃及主生命的神，罗马人和希腊人都信奉。

朱庇特：众神之神，罗马神话中的宙斯。

提灯助手：画家的助手，负责照亮墙面。

茅房：厕所。

角斗场：古罗马统治者驱使奴隶相互搏斗或同猛

兽搏斗，以此取乐的场所。

贵族：罗马公民中的统治阶层，与平民相对应。

柱廊：两边立有柱子的走廊。

奴隶总管：掌管奴隶的管家。

古希腊里：长度单位，约合 180 米。

擦澡刮板：用以清洁皮肤。

公共浴场：由衣帽间、温泉浴场、热气浴室、热水浴室以及冷水澡间组成。

伏尔甘：罗马神话中的火神。

相关作品

《庞贝城的末日》，作者：爱德华·乔治·比尔韦尔

《庞贝——被掩埋的城市》，作者：罗贝尔·埃蒂
安纳

记录科幻片《庞贝古城：最后的一天》，导演：
彼得·尼克尔森（DVD版本），追溯了庞贝以及赫库
兰尼姆两座被掩埋的城市在末日的最后几小时。

可以了解庞贝城涂鸦的网站：

http://www.noctes-gallicanae.org/Pompeii/intro.htm

弗吉尼亚大学建设的虚拟庞贝城网站：

http://hitchcock.itc.virginia.edu/Pompeii/map/
Pompeii.html